L'ULTIMA BARRIERA

Harrisburg Railers 5

RJ SCOTT

Translated by
MAME

Love Lane Books

L'ultima barriera

L'ultima barriera, Harrisburg Railers 5

Copyright ©2022 RJ Scott, Copyright ©2022 V.L. Locey

Titolo originale: Last Defense

Copyright © 2018 RJ Scott, Copyright © 2018 V.L. Locey

Progetto grafico: Meredith Russell, editing di Sue Laybourn

Traduzione di MaMe

Pubblicato da Love Lane Books Ltd

ISBN - 9781785646409

Dedica

RJ ~ Sempre per la mia famiglia.

V.L. ~ À ma famille, qui m'accepte avec toutes mes manies et mes excentricités. Même la banane en plastique dans mon étui de revolver.

L'ultima BARRIERA

—— HARRISBURG RAILERS 5 ——

RJ SCOTT &
V.L. LOCEY

Love Lane Books

Capitolo 1

BEN

«No, guarda... non è esattamente il genere di... Speriamo di avviare la ricerca di altri volontari che diano una mano durante l'estate.» Mi appoggiai allo schienale della sedia e feci una smorfia quando la poverina scricchiolò forte. Il soffio del condizionatore sul viso era ridicolo, ma considerato che era stato installato fuori da quella finestra anni prima ed era una donazione, non potevo chiedergli di più. La scrivania era ingombra di fogli e l'aria semifredda li faceva frusciare. Pile su pile di scartoffie di cui *io* dovevo occuparmi. Erano finiti i bei tempi trascorsi a lavorare con gli animali al Crossroads Shelter. Ormai passavo la maggior parte del mio tempo in quel *maledetto* ufficio, a parlare a quel *maledetto* telefono, cercando di convincere con le lusinghe i ricconi a donare sempre più soldi al rifugio. Un discreto schifo.

Mi appoggiai un altro po' allo schienale e lasciai che le palpebre si chiudessero piano. Lenny dell'Harrisburg Herald continuava a sproloquiare sui costi degli annunci pubblicitari e di come gli fosse ormai impossibile continuare a concederci uno sconto.

«Ma no, capiamo. Però anche tu devi capire che ci serve ogni centesimo di aiuto che riusciamo a ottenere. Siamo un rifugio contrario alla soppressione. Non abbiamo sostegno statale. Ogni centesimo… Sì, lo so che te lo ripeto di continuo, ma ogni volta che ci sentiamo tu insisti su quel cinque per cento che togli dal prezzo degli annunci.»

Lenny continuò a blaterare un altro po' di costi.

Già, proprio a me vieni a parlare delle spese di gestione, Lenny. Come se non ne sapessi abbastanza in proposito.

Il tormentone si trasformò in un rumore ronzante di sottofondo, come la voce della maestra di Charlie Brown, e la mia mente iniziò a vagare. Sfiorai con lo sguardo gli oggetti personali praticamente sepolti sotto le pile di carte sulla mia scrivania. Un portatile con il logo del rifugio, un cane, un gatto e un essere umano fermi davanti a un incrocio, che rimbalzava dentro lo schermo. Il computer emetteva una specie di squittio quando lo accendevo al mattino, ma lo ignoravo. Una tazza di caffè vuota sempre con il logo del rifugio, parecchi libri su argomenti tristi tipo come raggiungere gli obiettivi delle raccolte fondi e gli obblighi manageriali e amministrativi nei rifugi moderni, e un romanzo gay.

Presi il libro e cominciai a sfogliare la storia di un imbroglione e uno spogliarellista che lavoravano insieme per raggirare alcuni mafiosi. La trama era un po' debole, ma il sesso faceva faville, e – oh santi numi – la parte romance era incredibile. Mi mancava il romanticismo. Mi mancava il legame emotivo con un altro uomo e anche il sesso con un significato. Le poche scopate che mi ero concesso da quando avevo perso Liam erano state fredde e meccaniche. Sentivo la sua mancanza in modo incredibile, ma ero troppo codardo per rientrare nel giro degli appuntamenti. Se lo avessi fatto, avrei potuto incontrare qualcuno. E questa persona avrebbe potuto essere perfetta, come lo era stato Liam. Avrebbe potuto sposarmi. E poi sarebbe potuto morire. No. Neanche a parlarne che sarei stato capace di sopravvivere di nuovo a un'esperienza simile. Meglio scopate senza senso sul retro di qualche club gay. Faceva un po' male solo quando la futilità penetrava a fondo.

Se n'era andato da due anni. Il mio sguardo abbandonò il romanzo d'amore e vagò fino alla foto quasi oscurata dai cumuli di raccoglitori. Allungai la mano oltre le macerie e spostai le cartelle. Il viso di Liam, così tenero, speciale e amato, mi sorrideva dalla cornice. Entrambi avevamo esagerato l'espressione contenta per la raccolta fondi in occasione della quale era stata scattata.

I suoi capelli biondi risplendevano sotto il sole estivo. Gli occhi azzurri brillavano. Io ero stretto al suo braccio e ridevo come un idiota, mentre coccolavo Bucky, il nostro nuovo cucciolo di malamute, ovviamente ospite del rifugio. Non avevamo idea all'epoca che nel giro di un mese Liam sarebbe morto. Mieloma multiplo. Quarto stadio del tumore osseo. Aveva trovato un nodulo all'inguine e tre settimane dopo era morto. A trentatré anni. Amore per sempre un cavolo! Insomma, come accidenti era possibile che una cosa del genere potesse succedere a un uomo tanto forte e dinamico?

«Già, no, capisco,» dissi dopo aver preso atto della lunga pausa all'altro capo del telefono. Raccolsi l'immagine di me e Liam in tempi più felici e la tenni davanti all'aria condizionata. Aveva sempre odiato il caldo. Dormiva con il ventilatore acceso per tutto l'inverno. Io là, sotto quattro strati di coperte con i mutandoni e le calze di lana, a imprecare contro il vento gelido che ci soffiava addosso, e lui che si limitava a stendere quelle lunghe gambe atletiche e a sospirare. I tennisti svedesi non stavano tanto bene con la testa.

«Stupido, a dormire nudo tutto l'inverno,» mormorai malinconico. «Giusto, capisco. Solo un altro mese? Grazie, Lenny. Sei il migliore. Già, il solito appello per la ricerca di volontari e aiutanti nei canili. Coccolatori di gattini, sbaciucchiatori di cuccioli… il solito. Enfatizza sui pelosetti. Il numero della prossima settimana mi sembra ottimo. Ancora grazie.»

Riagganciai prima che potesse cambiare idea. Non che lo avrebbe fatto. Non pensavo. Speravo. Allo stato dei fatti, dal punto di vista finanziario camminavamo sul filo del rasoio. Dover sborsare altri soldi in pubblicità per allettare la gente a lavorare gratis avrebbe significato sottopagare un membro dello staff. E non era assolutamente fattibile. Sul libro paga avevamo solo la direttrice del canile, Diana Pierce, e una consulente per le adozioni, Abby Barnes. Di più non potevamo permetterci.

Il nostro veterinario, il dottor Vince Owens, era un esterno che offriva volontariamente il suo tempo e non ci faceva mai pagare a meno che non si trattasse di qualcosa di serio che richiedeva un intervento chirurgico. In quel caso, l'animale andava nel suo ambulatorio e noi dovevamo sganciare moneta sonante. Vince forniva gratis le iniezioni e tutto quanto era routine. Era una vera e propria ancora di salvezza. Pagare le cure veterinarie di ordinaria amministrazione ci avrebbe affondati, e la città aveva davvero bisogno di un rifugio che non prevedesse la soppressione.

Certo, c'era un altro grosso rifugio dall'altra parte della città, ma praticava l'eutanasia. Una cosa triste che io speravo di evitare a tutti i costi. Se il Crossroads avesse chiuso, tutti i cani e i gatti sarebbero stati trasferiti lì. Per la maggior parte sarebbero stati soppressi, perché erano vecchi o avevano problemi di salute. Diamine, stavamo ancora cercando di trovare una casa per i cani anziani che la gente aveva mollato sulla nostra scalinata il Natale precedente.

Che razza di bastardo molla il suo vecchio cane per fare spazio al cucciolo arrivato a Natale?

Mi stavo imbronciando di nuovo. Era tempo di uscire da quella scatoletta per sardine e magari fare un giro. Mi alzai, mi stiracchiai e sbirciai Bucky oltre la scrivania. Due palpebre sbatterono sugli occhi celesti, il viso poggiato sulle zampe anteriori. Considerato che gli allevatori di malamute inorridiscono di fronte agli occhi azzurri, sospettavamo fosse quello il motivo per cui Bucky era stato lasciato fuori da un bar quando aveva circa tre settimane. Immaginai che l'allevatore – quella merda schifosa di uomo o donna che fosse – avesse visto quegli occhi azzurri e deciso di liberarsi di quel gene indesiderato in un cassonetto. Fortunatamente per Bucky, Liam lo aveva trovato, attirato fino al cassone dei rifiuti dal lamento e lo aveva portato a casa.

«Buongiorno, Soldato d'Inverno,» sussurrai. Il suo orecchio sinistro si spostò. «Sai che il tuo altro papà ti ha dato un nome piuttosto strepitoso, sì?»

Sbadigliò, si stiracchiò e si rimise lentamente in piedi. Sapeva di essere cazzuto.

«Andiamo a vedere cosa fanno oggi gli altri cani.»

Io e Bucky riuscimmo a stare fuori dall'ufficio per oltre un'ora. Parte del mio lavoro, fatte salve le scartoffie e il servilismo, consisteva nel garantire che tutti gli animali venissero trattati con umanità e che la struttura fosse lucida come uno specchio. Per quanto mi riguardava, i volontari erano i nostri angeli e salvatori. Erano le donne anziane, gli studenti del college e chiunque avesse un cuore gentile e amorevole a svolgere i lavori più sgradevoli. D'altronde, devi avere buon cuore per lavare le gabbie e pulire le lettiere senza chiedere nulla in cambio.

«Ehi, capo.»

Quando guardai alle mie spalle, vidi Diana arrivare correndo verso di me. Era la responsabile del canile, ma il suo incarico copriva anche la "Cat House", nome che avevamo spiritosamente coniato per l'area riservata ai felini.

La mia conversazione con un vecchio meticcio di labrador giunse al termine, ma Bucky e il cane nero con il muso argento continuarono a ispezionarsi.

«Hai una telefonata da Layton dei Railers,» disse.

Layton Foxx si occupava dei social media per gli

Harrisburg Railers e dovevamo discutere di un modo per far collaborare la squadra e il rifugio.

«È in linea adesso?» Mi lasciai alle spalle il canile vero e proprio, sanificato di recente con disinfettante al pino e mi diressi verso l'ufficio centrale, quello in cui entrava il pubblico e iniziavano le procedure di adozione.

«No, ha detto di chiamarlo quando avevi un minuto. Pensi che ci lasceranno andare allo stadio con altri cani? L'ultima visita ci ha fatto guadagnare otto adozioni!»

Diana era un tesoro. Poco più che quarantenne, divorziata, una figlia al college, era piccola, un po' rotondetta e con ricci capelli castani tagliati corti. Soprattutto, però, era affidabile. L'unica persona al rifugio a conoscere gli orridi dettagli dell'ultimo mese di vita di Liam, aveva sofferto la sua perdita insieme a me. E ora, Dio la benedicesse, sentiva il bisogno di rispedirmi nel mondo del romanticismo.

«Già, era una grande idea. Sembravano disponibili a farla diventare un'abitudine, ma ora che sono alle eliminatorie, le nostre visite saranno limitate.»

«Be', ha detto che voleva parlarti al più presto.»

Feci un fischio a Bucky. «Magari faccio un giro allo stadio.»

«L'ufficio sta diventando claustrofobico?» Mi rivolse un'occhiata d'intesa.

«Solo un po',» ammisi, legando il guinzaglio al collo di Bucky quando ebbe terminato il balletto "ANDIAMOINMACCHINA!". «Torno tra un'ora. Chiama se succede qualcosa di importante.»

Mi spinse fuori della porta. Io e Bucky

attraversammo il parcheggio, fermandoci a chiacchierare con una famiglia che guardava Fifi, una femmina di barboncino investita da una macchina circa due mesi prima. Era anziana, e la guarigione era stata lenta, ma ormai era tornata in forma e cercava una casa stabile.

Dopo che ebbi indirizzato l'uomo e la donna verso l'ufficio, Bucky mi condusse fino alla mia vecchia Jeep Cherokee. Innanzi tutto agganciai lui, poi mi passai la cintura di sicurezza intorno al petto. Annusai l'aria.

«Perché la mia Jeep odora di cane?» Guardai Bucky. Lui guardò me. «Hai bisogno di un bagno.»

Gemette un po'. Bucky odiava l'acqua, ma amava la neve. Poteva scioglierglisi addosso e andava bene, ma se si riempiva la vasca, andava a nascondersi dietro il divano.

«Okay, allora cosa vuoi ascoltare? Earth, Wind, & Fire oppure Kool and the Gang?»

Scelse EW&F. Ci avrei scommesso. Li amava quanto me.

A quell'ora della giornata c'era poco traffico. I pendolari del mattino erano dove dovevano essere, e al pranzo mancavano un paio d'ore. Controllai il telefono, non trovando nulla dalle mie prozie mormorai un grazie al Grande Capo, e accesi *The Best of Earth, Wind, and Fire*.

Diretto verso il nord della città suonando e cantando, entrai nella East River Arena e parcheggiai accanto alla stessa porta che avevo usato quando ero andato lì in precedenza. Non c'era un'anima, solo auto, alcune stramaledettamente costose.

«Scommetto che quella Jaguar laggiù non puzza di cane,» feci notare a Bucky, che starnutì. «Oh cavolo, *Shining Star*.»

Dio, quanto amavo quella canzone. Alzai il volume e iniziai a ballare da seduto. Mi sarebbe piaciuto scendere e scatenarmi, considerato che, come ballerino, ero piuttosto bravo, ma non mi sembrava il caso. Mi piaceva anche cantare. Il pastore Bert, che dirigeva il coro della mia chiesa, riteneva che avessi una bella voce. Ovviamente lo diceva a tutti, ma io lo prendevo sul serio.

Cantavo a squarciagola, con i finestrini abbassati, godendomi ogni secondo dell'ora di libertà fuori dell'ufficio, quando qualcuno mi diede una sberla sul braccio attraverso il finestrino aperto. Fece male. Tipo, parecchio. Lanciai un'occhiata a sinistra, ed ecco quell'enorme russo che avevo già incontrato un paio di volte prima di allora. Stan. Il portiere dei Railers. Mi guardava e sorrideva a trentadue denti.

«Anch'io ballo! Come Dick Clark!»

Guardai a bocca spalancata quella specie di sciroccato che scuoteva il culo per tutto il parcheggio. L'uomo che lo accompagnava, un tizio più smilzo con una testa di riccioli biondi, ridacchiò, ma neanche si sognò di chiedergli di smetterla.

«Sto preparando milkshake per portare ragazzi nel mio cortile,» urlò Stan.

La rivisitazione della canzone di Kelis mi fece scoppiare a ridere. Sulla scia di quell'allegria, anche Bucky abbaiò rumorosamente.

«Amico, di sicuro avrai maree di ragazzi nel tuo

cortile,» dissi a Stan dopo essere sceso dalla Jeep e aver preso in mano il guinzaglio di Bucky.

«Grazie. Sono bravo a dimenare il culo. Questo cane è per noi?» Stan si accovacciò per passere le dita sulla testa morbida di Bucky.

«Stan, non possiamo proprio prendere un cane per il momento,» disse il biondo.

«Oh, be', no, però presto. Vinciamo la Coppa e poi prendiamo un cane. Grosso. Come questo, ma brutto e con i denti lunghi.»

«Non sono sicuro che riusciremo a trovarti un cane brutto e con i denti lunghi,» ammisi.

«Già, non stiamo cercando un cane brutto, Stan,» disse il biondo mentre tendeva la mano. Gliela strinsi, poi lui portò via Stan, con le dita intrecciate a quelle del grosso russo. Be', ormai i gay erano *dappertutto*. In effetti ricordavo di aver letto del coming out di Tennant Rowe, ma non avevo mai sentito nulla sul portiere. Non ero un grande fan dei Railers. Il mio cuore batteva per la squadra di hockey di Washington, dato che ero nato e cresciuto nel Distretto di Columbia e mi ero trasferito lì solo dopo il college per tenere d'occhio le mie due anziane prozie.

Zie che quel giorno erano fin troppo silenziose.

Controllai di nuovo il telefono, non vidi nulla che provenisse dalla polizia o dai vicini, e decisi di godermi una giornata pacifica e tranquilla.

«Bel cane.» Il suono della voce profonda alle mie spalle mi bloccò proprio davanti all'entrata dei giocatori. C'era qualcosa in quel timbro... la modulazione bassa e virile o la cadenza. Non sapevo bene di cosa si trattasse, ma l'ultima volta che l'avevo sentita il mio corpo aveva avuto la stessa reazione. Una stilettata di calore latente nel ventre, seguita da un brivido gelido di timore.

«Grazie.» Avrei voluto continuare a fissare la porta. O scappare. Purtroppo, non potevo fare nessuna delle due cose, perciò mi voltai per affrontare l'uomo barbuto. Diamine se non aveva un aspetto feroce! Come un vichingo, con occhi penetranti e un'aura che urlava 'distruttore'. Mi superava in tutto. Più alto di almeno dieci centimetri e probabilmente trenta chili più pesante. Indossava un abito, come Erik e Stan, ma il suo appariva incredibilmente elegante su quella corporatura massiccia. Blu con una cravatta grigio perla e una camicia bianca. I bicipiti tendevano la stoffa che cercava di contenerli.

«Si chiama Bucky.» Eccoci, avevo rivolto la parola all'uomo che mi faceva saltare il cuore nel petto come una rana sull'autostrada.

«Come il braccio destro di Capitan America?» Abbassò lo sguardo sulla mia maglietta logora con lo scudo di Cap.

«Esattamente come lui.»

Avanzò di un altro passo ed entrò nel mio spazio vitale, lo sguardo fisso nel mio. Mi umettai le labbra e sollevai un po' il mento. Non avevo intenzione di lasciarmi intimidire da un giocatore di hockey qualsiasi.

«Carino il cane e attraente il proprietario.» Mi rivolse uno sguardo lungo e attento, accarezzò Bucky e aggirò l'ottuso individuo che cercava di digerire l'idea che Mr. Spaventoso avesse detto che era attraente.

«Entri o stai insegnando al cane ad aprire le porte con la forza del pensiero?»

«Sono qui per vedere Layton Foxx.»

«Sì? Be', io sono qui per l'allenamento del mattino.»

«So chi sei. Max van Hellren. Giocavi per il Washington quattro anni fa.»

L'uomo aprì la porta con uno strattone e mi posò addosso uno sguardo annoiato. «Già, in persona. Tifi per il Washington?»

«È la squadra di casa.» Bucky abbaiò per sostenermi. Max sorrise e tutta la ferocia che trasudava da lui sembrò svanire in un attimo. Era bello da far paura.

«Forse riesco a farti cambiare idea sulla squadra per cui tifare, Mr. Washington Fan.»

«Ben. Mi chiamo Ben.»

Lui annuì una sola volta, mentre teneva ancora la porta aperta con la mano. «Ben. Mi piace. Ti si addice. Dunque, entriamo o flirtiamo qui davanti a Pete?»

Una guardia di sicurezza si affacciò da dietro la porta e mi strizzò l'occhio. Avrei voluto morire. Sul posto.

«Io non flirto,» reagii. Oltrepassai Max e Pete e mi allontanai in cerca di Layton Foxx. Il fuoco della determinazione che mi ardeva nel petto mi trattenne dal voltarmi per vedere se Max mi stesse guardando il culo. Speravo di sì e pregai di no.

Capitolo 2

MAX

Seguii Bello-alto-e-moro all'interno, con un lieve disappunto quando svoltò a sinistra, diretto agli uffici amministrativi, mentre io dovetti proseguire verso le viscere dello stadio e gli spogliatoi. Non ero stupido: c'era stata una scintilla con Ben-Fan-del-Washington, e insomma, l'amore è l'amore, e il sesso è il sesso, e di sicuro mi avrebbe fatto piacere un po' del secondo con lui. Ovviamente, avrebbe dovuto lasciare il suo cane fuori della stanza, ma su questo avremmo potuto trovare una soluzione.

In ogni caso, non aveva importanza. Quelli erano i Railers, la più grossa squadra a sventolare la bandiera arcobaleno nella storia dell'NHL, e io non ero il tipo che andava in giro a flirtare con gli estranei davanti a gente che avrebbe potuto vedermi. Avevo la reputazione del duro, mentre flirtare era una cosa tenera, sexy ed eccitante.

«Due parole?» chiese il coach Madsen sbucando dall'ombra, quasi mi stesse aspettando.

«Non sono in ritardo,» dissi, e guardai l'orologio tanto per controllare. Appena vidi che in effetti avevo almeno un'ora di anticipo, mi sentii invadere da una familiare sensazione di terrore e dovetti impedirmi di premere una mano sulla testa.

Non lo sa nessuno. Nessuno lo saprà mai.

Il coach Madsen, o Mads, come lo chiamavamo noi della squadra, si acciglò nel vedere la mia reazione esagerata. «No, cribbio, datti una calmata: non sono un preside di scuola, e tu non sei in ritardo. Volevo solo riesaminare con te alcuni video della partita di sabato.»

Fui inondato dal sollievo alla stessa velocità con cui mi aveva colto il terrore, eppure mi trovavo di nuovo nella posizione di dover far sembrare che nulla al mondo mi preoccupasse. Non avrei dovuto mentire ancora per molto: era il mio ultimo anno nell'hockey. Lo sapevo io e lo sapeva anche il coach Madsen: diamine, tutta l'NHL era dolorosamente consapevole che questo difensore, ormai ultratrentenne, era al suo ultimo guizzo in una squadra in crescita.

Per quanto i Railers fossero arrivati alle eliminatorie della Stanley Cup, l'obiettivo di ogni giocatore di hockey, io ero pur sempre un uomo alle sue ultime battute in una squadra che non aveva ancora dimostrato con chiarezza di cosa fosse capace. L'anno precedente si erano qualificati ma erano stati eliminati. Ora, però, avevano me.

Oh, e il ragazzo prodigio Ten, e Toly, Dieter, il povero Arvy, a casa con un ginocchio fottuto, e Stan in porta, e… già, non c'ero solo io, ma chiunque avesse guardato la mia carriera sarebbe stato in grado di capire che avrei potuto fare la differenza.

Se prima non collasso e muoio sul ghiaccio.

Tanto per essere melodrammatico.

«Okay, coach, nessun problema. O preferisci farlo dopo l'allenamento?»

«C'è solo una cosa… adesso entra,» disse Mads, e iniziò a camminare verso l'ufficio che condivideva con l'allenatore del portiere. Si aspettava che lo seguissi, e così feci. Rispettavo da morire Jared Madsen. Solido difensore, avrebbe concluso la sua carriera in una squadra che lo amava se non fosse stato per un problema cardiaco. Allora aveva scelto di fermarsi, desiderando di più dalla vita che la semplice frenesia del gioco. Poi aveva incontrato Ten, e gli stava bene vivere il suo sogno indirettamente attraverso l'amante ed essere il miglior coach sotto il quale avessi mai avuto la fortuna di giocare.

E io? Perché mai avrei dovuto rinunciare a pattinare, anche con i miei problemi? Non avevo nessuno che colmasse il vuoto che l'hockey riempiva. Mi aspettavano gloria e successo per il futuro, e niente avrebbe potuto intralciarmi.

Per quanto non mi sarebbe dispiaciuto qualche saltuario pit-stop con il tipo sexy, grazioso e tosto che amava i cani e aveva attirato la mia attenzione.

Mads prese posto alla scrivania e voltò la sedia premendo un tasto per avviare il lettore DVD.

«Questo,» disse, e indicò lo schermo.

Era un'altra partita dei Flyers. Nelle ultimissime settimane non avevamo fatto altro che guardare video delle loro partite dato che ci eravamo conquistati un posto per le finali. I nostri avversari erano i Philly e avevamo bisogno di raccogliere quante più informazioni possibili per elaborare gli schemi di gioco. Il coach Benton pensava solo al fine, a giocare la partita senza preoccuparsi delle mosse dell'altra squadra. Il suo mantra era che se giocavamo nel modo giusto avremmo avuto una maggiore possibilità di successo.

Il fatto, però, era che tutti i giocatori volevano quel qualcosa in più: quello spiraglio che potesse dare fuoco alle micce.

«Vedi?» Mads indicò con un puntatore laser. «Vedi che qui perdono il controllo sul rimbalzo? Se tu riuscissi a entrare, potresti prenderlo e passarlo senza perdere di vista Ten.»

«Fammelo rivedere.» Mi sedetti sull'angolo della scrivania, assicurandomi di non appoggiarci tutto il mio peso per evitare che quella maledetta cosa crollasse. Non ero uno di quei difensori che si basavano sulla velocità e che rubavano con destrezza il dischetto all'attacco della squadra avversaria. Io ero un tritatutto, il peso massimo che non aveva paura di prendersi i pugni e restituirli. Ero un provocatore, difendevo ed ero capace di prendere una partita impantanata e dare alla squadra l'impulso per reagire. Un retaggio dei vecchi tempi, quando l'hockey era solo forza bruta, ma ogni squadra aveva bisogno di qualcuno come me se nel gruppo c'erano fenomeni come Ten, simbolo di una nuova generazione di giocatori.

Ero bravo in ciò che facevo, e il problema era che quando si è davvero bravi nel proprio ruolo di difensore, si viene mandati contro i capicannonieri più abili degli avversari. E, cavolo, se a volte non era dura stare al passo con alcuni di loro. Come Ten, per esempio, anche se, fortunatamente per me, in quel momento eravamo nella stessa squadra.

I coach mi avevano messo in coppia con Ten, gli coprivo le spalle, e per questo sapevo che Jared mi rispettava.

Vivevo di quello, del rispetto, essere l'eroe, sentire il ruggito del pubblico e sapere che amavano ciò che stavo facendo per la *loro* squadra.

Solo Dio sapeva cosa avrei fatto quando la mia carriera di giocatore sarebbe finita. Non avrei potuto diventare un allenatore, non come lo era Mads. Non avrei saputo resistere al richiamo del ghiaccio, a farmi largo con la forza in un'altra partita.

«Allora, cosa ne pensi?» chiese Mads mentre rivedevamo la scena per la terza volta. Capivo cosa mi stesse mostrando, e dovevo scacciare dalla testa i pensieri sul triste futuro che mi aspettava e concentrarmi sul presente, cioè lo stadio e la nostra imminente prima partita contro i Flyers.

«Penso che dovrebbero smorzare l'arancione,» scherzai, riferendomi alla vivacità della divisa dei Flyers.

«Sul...»

«Lo so cosa intendevi, lo vedo, ci lavorerò su.» Poi, siccome era Ten quello che avrei dovuto difendere, aggiunsi ciò che sapevo Mads voleva sentire. «Raggiungerò il dischetto ma non permetterò che raggiungano Ten.»

«Non ero preoccupato per questo,» mentì lui.

«Certo che no,» mentii a mia volta.

Era così che ci muovevamo tra noi.

Quando lasciai il minuscolo ufficio per raggiungere gli spogliatoi, mi ritrovai davanti Stan a quattro zampe, con la divisa completa da portiere e il sedere per aria, intento a coccolare il cane che era entrato insieme a Ben. Di lui, Ben, nessuna traccia al momento.

Stan parlava in russo, mentre il cane si era girato sulla schiena e mostrava la pancia per una carezza. Riconobbi una parola, il nome Noah, poi tantissime altre vocali e consonanti mescolate insieme e del tutto incomprensibili.

Nel corso degli anni avevo giocato con un centinaio di russi, e ognuno di quei ragazzoni forti e con una strana lingua che alle mie orecchie non aveva senso occupava un posto nel mio cuore.

«Piace te?» chiese Stan, e mi accorsi che aveva sollevato lo sguardo su di me, il grosso idiota sorridente.

«I cani?» risposi, accovacciandomi per coccolare Bucky, come lo avevo sentito chiamare da Ben. Era morbido e caldo, e mi ricordò Scooter, il meticcio che avevo da ragazzo, un incrocio tra un collie e un labrador che non si staccava mai da me. Non mi vergogno di ammettere che quando morì a undici anni, piansi per giorni. Ero già nella selezione, convocato per la squadra dell'American Hockey League legata agli Hawks, ma mi disperai come un bambino per il cane che era stato mio.

«Amo i cani,» risposi, semplice e dritto al punto.

«Rubo lui,» scherzò Stan. «No dire a Erik.»

Mi alzai e rivolsi un sorriso al russo e al cane che voleva rubare. «Penso che Ben avrebbe qualcosa da ridire al riguardo.»

Parli del diavolo ed eccolo, con Layton Foxx al suo fianco. Sul serio, non avevo mai visto insieme una coppia di uomini più belli.

Devo proprio trovare qualcuno per aiutarmi a togliere questo prurito. Ho un immediato bisogno di scopare, prima di arrivare all'autocombustione.

«Eccolo,» disse Ben, prendendo il guinzaglio. «Gli tolgo gli occhi di dosso un attimo...»

L'espressione che si disegnò sul viso di Stan nel vedere che Ben era arrivato a riprendersi il cane fu così delusa da apparire comica. Non volevo ridere, ma non seppi impedirmelo.

Stan sbuffò e si allontanò, lasciandomi da solo insieme a Ben, Layton e il cane in un corridoio isolato.

«Ci incontriamo di nuovo,» esordii rivolto a Ben, poi emisi un gemito interiore. *Patetico.* Pessima, pessima tecnica.

Lo superai nello spazio ristretto, e scusatemi se ne approfittai per premere sul suo braccio un po' più di quanto fosse necessario. Lui indietreggiò e per poco non inciampò su Bucky, il che mi portò ad agguantarlo per impedirgli di cadere addosso a Layton. Chiamatelo pure istinto da hockey, o magari semplice bisogno di mettergli le mani addosso, fatto sta che ero lì e lo sostenni finché non decise di liberarsi. Mi lanciò un'occhiataccia, poi mi voltò le spalle.

«Dunque, pensavi a tutta la squadra per il

calendario, o posso scegliere chi voglio?» disse a Layton
mentre si allontanavano parlando. Sentii il mio nome
seguito da una risatina di Layton, poi si avviarono verso
la cucina.

«Occhio!» urlò qualcuno, e mi abbassai appena in
tempo per evitare di beccarmi un pallone da calcio sulla
testa. Recuperai la palla e la restituii con un lancio a
Westy e Mac.

«Stupidi novellini,» dissi a denti stretti mentre mi
facevo largo a forza, ignorando le loro risate allo stesso
modo in cui avevo ignorato quelle di Ben e Layton.

Nessuno poteva ridere del grosso difensore cattivo.

Quando, più tardi, li atterrai entrambi all'inizio
dell'allenamento, fui contento di leggere nei loro occhi
che avevano capito la lezione.

Se solo avessi potuto stendere anche Ben sotto di me,
mentre si contorceva e mi mandava a quel paese.

Eh sì, avrei proprio apprezzato.

L'allenamento fu duro. La nostra prima partita delle
finali si teneva in casa dei Flyers, il che significava aerei,
alberghi e ritmi incasinati. Avremmo comunque
affrontato tutto: in fin dei conti, l'hockey era anche
quello.

Ten mi tirò in un angolo, quanto si possa tirare in un
angolo qualcuno su una lastra di ghiaccio ovale.

«Mads ti ha fatto vedere la…»

«Sì.»

«E tu…»

«Sì.»

«Okay, allora.»

Battemmo il pugno. Ci intendevamo al volo. Avevo

visto un sacco di ragazzini arrivare e prendersi l'etichetta di futuro campione quando avevano ancora il latte alla bocca, ma Ten... lui aveva la furbizia dell'hockey, la velocità, e piaceva sinceramente a tutti.

Be', a parte quel gruppo di tifosi che giudicava Ten in base a ciò che faceva con il suo cazzo. Imbecilli.

Avevo già sentito il modo in cui alcuni giocatori avversari lo apostrofavano, quel tanto che bastava a farmi sapere quali coglioni avrei fatto schizzare fuori dai pattini sbattendoli contro il bordo campo. Nessuno si esprimeva a voce abbastanza alta da farsi beccare, nessuno parlava chiaro, ma i commenti sulla sessualità di qualcuno restavano l'offesa più comune.

Personalmente preferivo usare i muscoli piuttosto che il cervello quando dovevo ribadire un concetto.

Ciò non significava che fossi l'ultimo degli imbecilli.

Solo che il mio cervello aveva dentro questa cosa, brutta, e io non volevo pensarci.

«Ancora,» disse Mads, e mandò me e James "Westy" Sato-West, un pivellino arrivato dalle minori, due contro uno con Ten. La merdina riuscì comunque a superarci e tirare un colpo secco in rete che nemmeno Stan riuscì a fermare.

Ten se la tirò un po' – giustamente – e poi frenò in una pioggia di ghiaccio per fermarsi proprio accanto a me.

«Sarai più fortunato la prossima volta,» disse con un sorrisetto.

«Merdina,» imprecai, ma stavo sorridendo, perché, cazzo, mi sentivo vivo sulla pista.

Terminammo con quello che chiamavo

affettuosamente Il cerchio: tutti noi intorno al logo interno dei Railers sul campo, in ginocchio mentre ascoltavamo suggerimenti e orari.

Dovevamo partire due giorni dopo. Il volo era alle cinque del pomeriggio. Furono assegnate le stanze, ci fu comunicato che l'allenamento nel campo dei Flyers la mattina della partita era facoltativo, e ci fu consigliato di stare fuori dal ghiaccio il giorno seguente e lavorare in palestra e con i terapisti per qualunque problema persistente, poi prepararci a partire.

Alcuni ragazzi erano stremati e contusi dopo la fine di una stagione pesante: avevamo tutti bisogno di un po' di attenzioni, ma avrei preferito che potessimo pattinare il giorno seguente, al mattino presto, quando il ghiaccio fosse stato fresco e magari ci sarei stato soltanto io.

Solo io, il ghiaccio, e l'eco delle acclamazioni rimaste dopo l'ultima partita.

Fui l'ultimo a lasciare la pista. Era una cosa che mi ero portato dietro in tutte le squadre in cui avevo giocato: non ero superstizioso quando si trattava di scendere in campo e non mi interessava in che ordine lo facessimo, ma dovevo essere l'ultimo a uscire dopo gli allenamenti.

Dio solo sapeva perché. Forse era quella parte di me che diceva che se avessi indossato la stessa maglietta il giorno della partita, o una particolare cravatta contro il Los Angeles, allora avremmo vinto. La superstizione nell'hockey è una roba strana.

Lo vidi prima che lui vedesse me o, per meglio dire, mentre aveva lo sguardo rivolto nella direzione opposta e gesticolava mentre parlava con Layton, che sorrideva neanche Ben gli stesse raccontando la migliore barzelletta di tutti i tempi.

Avrei voluto avvicinarmi per capire se stessero ancora ridendo di me, ma non lo feci.

Non subito, in ogni caso. Solo quando Layton rispose al cellulare e lasciò Ben da solo, pensai di prenderlo da parte.

Usai tutte le mie tattiche migliori, arrivando dal suo punto cieco, quasi inciampando nel cane e infilandomi con disinvoltura tra lui e Layton, che si allontanò per continuare la sua telefonata.

Io e Ben. Soli. Finalmente.

«Dovremmo prenderci un caffè. O una birra. O una stanza d'albergo,» annunciai perché, diamine, la vita è troppo breve per perdere tempo. Ben avrebbe potuto dire di sì o tirarmi un pugno in faccia, e io ero in grado di gestire entrambe le cose.

«Non la capisci proprio l'antifona, vero?» disse lui, e si avvolse il guinzaglio di Bucky intorno alla mano, pronto ad andarsene.

«Lo sai che ti eccito.»

«Gesù, sei un cazzone arrog…»

Mi chinai verso di lui. «Non perdo tempo. Sei arrapante da morire e io non vedo l'ora di scoparti.»

«E se volessi essere io quello che ti scopa?» ribatté lui, poi sbiancò quando si rese conto di cosa aveva appena detto.

Dio, ce l'avevo talmente duro che il sospensorio mi stava bloccando la circolazione. Immaginare quell'uomo che ci dava dentro e assumeva il comando era come un sogno.

«Si può fare,» mormorai.

«Perché non mi lasci in pace?» chiese sconcertato, guardandosi intorno. «È una specie di brutto scherzo? Un gioco?»

«Nessuno scherzo. E, Ben, io non faccio giochetti,» dissi.

Qualcosa in quella risposta doveva aver fatto presa su di lui perché si fermò con un'espressione – speranza? Bisogno? – che ricalcava la mia.

«Max...»

«Sarò al Blue. È un bar sulla...»

«So dov'è.»

«Sarò lì alle otto. Scegli tu.»

Non gli diedi tempo per discutere o ribattere. L'offerta era sul piatto: ci saremmo incontrati al Blue, avremmo preso da bere, parlato, forse fatto sesso contro un muro. Comunque andasse, avevo trovato la via per farmi prendere in considerazione. La semplice promessa che non avrei fatto il furbo.

«Aspetta,» gridò alle mie spalle mentre mi dirigevo verso gli spogliatoi. Non mi fermai, avevo già detto quello che dovevo e ormai toccava a lui decidere cosa sarebbe successo.

Capitolo 3

BEN

Il giorno… più lungo… della mia vita.

Avevo trascorso ore a riflettere e sospirare, palleggiandomi tra l'idea di incontrare Max e quella di rifiutare. Solo attorno alle quattro del pomeriggio mi ero deciso. La risposta era sì. Sarei uscito a bere insieme a quel ragazzone che mi guardava come fossi una bistecca al sangue. Perché? Perché c'era una corrente tra noi, un brivido caldo ed eccitante, ed erano anni che non sentivo quel genere di scintilla.

Uscire dall'ufficio alle sei – un'ora dopo il mio orario "ufficiale", che in effetti non rispettavo mai perché si sa che il direttore è sempre l'ultimo – aggiunse altri sessanta minuti alla tortura.

«Cosa gli dico quando mi presento?»

Gli dici che vuoi scoparlo a morte. Poi lo scopi – o ti fai scopare da lui – finché uno dei due sviene. Babbeo.

«Non era una domanda per la quale mi servisse davvero una risposta, cervello.» Bucky mi lanciò un'occhiata mentre ci avviavamo verso Allison Hill e le villette a schiera di mattoni rossi che io e le mie due prozie chiamavamo casa. «Parlavo da solo. Torna a fare quello che stavi facendo.»

Il malamute mi rivolse uno sguardo d'intesa e tornò al suo divertimento, cioè infilare il muso nei quindici centimetri di apertura a misura di cane del finestrino, con la bava che di tanto in tanto gli volava via a ricoprire detto finestrino e a chiazzarmi il braccio.

Fermandomi a un semaforo rosso, lanciai un'occhiata all'orologio dello stereo. Sei e un quarto. Perché quel giorno ero tanto ossessionato dall'ora?

Lo sai perché.

«Okay, siamo seri, vedi di chiudere quella cazzo di bocca, cervello!» Bucky girò verso di me gli occhi con un'espressione che sembrava divertita. «Non c'è niente da ridere.»

No, non faceva ridere. Mi stavo rendendo ridicolo per un uomo. Non succedeva da… sempre. Dai tempi di Liam.

«Bene, quindi tutto quello che faremo sarà incontrarci per un drink. Niente scopate.»

Bucky abbaiò fuori dal finestrino.

«No, guarda, le scopate sono riservate ai tizi senza nome. Max un nome ce l'ha. Sì, va bene, anche gli altri avevano un nome, ma pensarli non mi ha mai fatto sentire come se avessi un banco di pesci rossi nello stomaco.»

Il semaforo diventò verde proprio mentre alzavo il volume su un lento di Lionel Ritchie. Continuai a parlare e guidare. Quando mi guardai intorno, eravamo a circa quattro isolati dalla mia via. Cacciai indietro il senso di panico che mi era piombato addosso nell'accorgermi di aver guidato per dieci minuti senza rendermi conto di ciò che mi circondava. Avevo rischiato di farmi uccidere per un uomo con gli occhi dello stesso colore whisky e una voce che gli rombava nel petto come una motosega al minimo.

Allison Hill era un quartiere violento, o almeno lo era stato. In alcune sacche lo era ancora, ma c'erano anche aree riqualificate. Nella zona sud si trovavano case abbandonate piene di abusivi, molte con tossicodipendenti che dormivano su letti di siringhe vuote e sogni infranti.

La brutta zona era il motivo per cui mi ero trasferito dopo aver ottenuto la mia bella laurea in amministrazione d'impresa correlata da una complementare in scienze zootecniche. Le mie due prozie da parte di padre vivevano a Allison Hill da tutta una vita. Quando il crimine aveva iniziato a prendere piede nel loro quartiere, invece di trasferirsi nel Distretto di Columbia, come i miei genitori le avevano supplicate di fare, si erano semplicemente trincerate e avevano iniziato a farsi portavoce degli abitanti della zona. Il che aveva causato loro un sacco di problemi con gli elementi criminali che non volevano vedere le strade ripulite. A quel punto era entrato in scena Benton Worthington, nipote straordinario, che ha cominciato a pagare le cauzioni di due vecchiette scatenate tra i settanta e gli ottant'anni che avrebbero dovuto restare a casa a fare la maglia e i biscotti anziché giocare alle guerriere della giustizia sociale.

L'offerta di lavoro dalla Crossroads era arrivata

prima ancora che mi trasferissi definitivamente, il che era stato un miracolo, ma non si mette in discussione un dono del Cielo. Semplicemente si ringrazia Dio.

Ed era quello che avevo fatto ogni giorno per anni. Avevo un lavoro, Liam, la salute e una vita piena. Era tutto perfetto. Così perfetto che in breve avevo ottenuto anche una promozione. Dopo soli due anni, ero diventato direttore del rifugio e il proprietario, ormai anziano e malato, lo aveva offerto a me e Liam. Avevamo parlato, complottato, supplicato, chiesto prestiti ed eravamo arrivati a tanto così dal rubare per mettere insieme la caparra. Dopo che era avvenuto il trasferimento di proprietà, avevamo legalmente regolato anche il resto. I nostri testamenti stabilivano che, in caso di morte dell'uno o dell'altro, il rifugio sarebbe andato al coniuge sopravvissuto. Non avevamo neanche il vago sospetto che uno di noi se ne sarebbe andato nel giro di pochi anni.

Quando Liam era morto, il sole era scomparso dalla mia vita. E insieme a esso se n'erano andate la passione, il sentimento e quella sensazione di calore che ti scalda le viscere quando ti senti attratto da un uomo. Tutto sparito. Finché non mi era capitato di guardare dentro gli occhi di Max van Hellren e scoprirli colmi di fuoco e vita.

Bucky mugolò e io fissai la nostra casa mentre la oltrepassavamo.

«Merda. La prossima volta *dimmelo* che abbiamo superato casa nostra prima che l'abbia superata. Scusa, non è colpa tua. È tutta colpa mia.»

Bucky sbatté la coda contro il sedile. Feci il giro

dell'isolato, parcheggiai nel posto a me assegnato di fronte alla fila di case a schiera, e tolsi la cintura al mio cane. Saltò fuori dalla Jeep e trotterellò fino al numero 20, sapendo che saremmo andati a controllare le vecchie donzelle, prima di entrare nella nostra casetta.

Le mie zie erano sedute attorno al tavolo della piccola cucina, che odorava di caffè e ribellione.

«Per cosa protestiamo questa settimana?» chiesi, posando a turno un bacio sulle loro guance coriacee. Erano entrambe grigie, piene di rughe e magre come levrieri. Nessuna delle due si era sposata, e non avevano mai avuto figli.

«Le retribuzioni inique,» rispose zia Carol – che con i suoi settantasette anni era la più giovane – mentre il pennello si muoveva sicuro sulla superficie vuota di un cartello.

«Quel cazzone del senatore Rudy vuole bocciare la proposta sull'aumento del salario minimo. Quei ricconi dei politici non capiscono che un salario minimo più alto significherebbe maggior potere di acquisto, il che aiuterebbe le piccole imprese e ridurrebbe il tasso della criminalità considerato che rubare e rapinare la gente non è necessario se ci si può guadagnare da vivere onestamente.» Zia Glenna – la più anziana, di ottantun anni – accennò con la mano al microonde. «C'è un piatto con braciole di maiale e patate gratinate.»

«Grazie, ma ho preso qualcosa in ufficio.» Era una bugia: non mandavo giù niente dall'ora di colazione. Avevo lo stomaco troppo aggrovigliato per mangiare. Lanciai un'occhiata furtiva all'orologio a muro. Sette e dieci. Dovevo darmi una mossa o avrei rischiato di fare tardi.

«Se sabato sei libero, vieni a marciare con noi,» disse Carol, con la lingua tra i denti mentre dipingeva un qualche slogan sul suo cartello. Iniziai ad avanzare lentamente verso la porta sul retro.

«Già, unisciti a noi mentre gliela facciamo vedere a quell'uomo,» intervenne Glenna, poi pinzò un cartellone a un listello di legno.

«Sono piuttosto sicuro che nessuno dica più "quell'uomo",» commentai mentre il mio sguardo correva di nuovo all'orologio. «E se vengo e mi faccio arrestare, chi vi salverà il culo?»

«Non ha tutti i torti,» disse Carol mentre dipingeva.

«Stai bene, piccolo? Sembri giù.» Glenna tese la mano per prendere la mia.

Le rivolsi un sorriso incerto. «Solo un calo di zuccheri.»

Smisero entrambe di preparare cartelli e mi rivolsero "quello" sguardo. Lo sguardo carico di frustrazione.

«Benton, piccolo, hai di nuovo esagerato con la corsa?» Carol mi guardò attraverso le lenti bifocali imbrattate di pittura. «Lo sai che tutto quello jogging durante l'estate ti indebolisce.»

«Una volta. È successo una volta.» Sollevai un dito, poi scivolai verso la porta, mentre Bucky era in attesa con il naso appiattito contro il vetro. «E solo perché non mi sono idratato a dovere. Devo correre per mantenermi in forma. Il lavoro mi tiene dietro la scrivania per...» sospirai. Ci rinunciai. Avevamo parlato del mio bisogno di fare jogging un migliaio di volte. Non c'era modo di cambiare alcune teste.

Le due donne mi rivolsero sguardi arcigni.

«Devo uscire stasera. Potreste controllare Bucky per un paio d'ore e farlo uscire? Grazie. 'Notte!»

Corsi fuori, inciampai sul cane e per poco non caddi di faccia.

«Dove vai, Benton?»

«È un appuntamento galante?»

Dio che sei nei cieli, salvami dalle donne anziane. «Solo una riunione. Sulle gabbiette per cani.»

Afferrai il guinzaglio di Bucky e ce la filammo verso la porta accanto.

La mia casetta era soffocante. Bucky mangiò e si acciambellò sul letto per un riposino mentre io aprivo le finestre, facevo la doccia, mi radevo e provavo a trovare la giusta combinazione di vestiti per comunicare che forse ero interessato ma non follemente arrapato.

«Dunque, abiti che mentono,» dissi al mio riflesso nello specchio appeso dietro l'anta dell'armadio. Mi decisi per una camicia di cotone a maniche corte, di una sfumatura di azzurro che Liam aveva detto essere il mio colore. Poi jeans, puliti ma non stirati, e mocassini. Magari un orologio? Spalancai il cassetto della biancheria intima ed eccolo là. Il morbido quadratino di velluto in cui avevo avvolto la fede nuziale appena due mesi prima.

Improvvisamente mi sentii un traditore. Mi sedetti sul letto accanto a Bucky e scostai piano il tessuto ripiegato. La sottile fascetta d'oro brillò nella tarda luce del giorno. La infilai chiudendo gli occhi, mentre venivo sommerso dai ricordi. Il giorno in cui Liam mi aveva chiesto di sposarlo subito dopo che ci eravamo diplomati al college, la fretta di salire fino in Canada per poterlo fare, e la gioia assoluta del giorno in cui ci eravamo scambiati le fedi e le promesse nuziali.

Sfregando il dito sul liscio cerchietto d'oro, rividi il fratello di Liam, Rolf, irrompere nell'appartamentino che avevamo affittato al ritorno negli Stati Uniti. Rolf, l'odioso bigotto sghignazzante che non riusciva mai a decidere cosa gli desse più il vomito: il fatto che suo fratello avesse sposato un *frocio* o il fatto che suo fratello avesse sposato, parole sue, un frocio *nero*. Solo che non usava la parola nero, ma adorava infilare i termini più offensivi che potesse trovare per descrivere il colore della mia pelle. A prescindere dal fatto che anche Liam fosse gay. Era tutta colpa mia. Avevo portato io il suo fratellino sulla cattiva strada.

«Quell'uomo era un maledetto coglione,» dissi a Bucky. Il mio cane si rotolò sulla schiena, perciò gli accarezzai la pancia per un istante, lasciando che i ricordi scivolassero via lentamente. Il cane si appisolò e io guardai l'orologio accanto al letto.

«Merda.» Mi precipitai fuori della camera, afferrai il portafogli e le chiavi dal tavolino accanto alla porta d'ingresso e sgusciai fuori, promettendo a Bucky di tornare nel giro di un'ora.

Entrai nel parcheggio del Blue da South Cameron Street circa trenta minuti più tardi. Parcheggiare fu una seccatura, ma alla fine trovai un posto sul retro. Inspirai, espirai e mi lasciai penetrare dai toni soavi di The Miracles.

«Giusto. Un drink con un uomo sexy. Puoi farcela, Benton.»

Percepii gli sguardi predatori su di me nel momento stesso in cui entrai. Sembravano un branco di lupi davanti a un agnello appena nato che saltellava in mezzo ai pascoli.

Max mi guardò andargli incontro sorseggiando da un bicchiere contenente un liquido color ambra. I tavoli erano pieni, così come i separé lungo il muro, l'ultimo dei quali, accanto al jukebox, era occupato da Max.

«Pensavo che mi avresti dato buca,» disse mentre gli sedevo di fronte.

«Ho fatto tardi al lavoro.»

Bevendo un sorso, attirò l'attenzione del barista con un cenno della mano e, contemporaneamente, fece saettare la lingua per intercettare una gocciolina ribelle del suo drink. A quella vista sentii l'inguine trafitto da una stilettata di lussuria, che mi strinse tra le sue calde spire di desiderio.

«Whisky e acqua», dissi al barista. Max parve apprezzare la mia scelta.

«Sono contento che tu sia venuto,» disse mentre mi percorreva con lo sguardo e il sorriso gli si stendeva sulle labbra, sollevandogli gli angoli della bocca per poi sfumare. «Allora, da stamattina hai pensato bene di andare a sposarti?»

Aggrottai le sopracciglia, poi mi ricordai della fede al dito. «Oh, no. La stavo solo provando e ho dimenticato di toglierla.»

«Allora stai pianificando le nozze?» Il suo atteggiamento era diventato più freddo.

«No, però ero sposato. Lui è morto. Mi sentivo…»
Mi feci indietro per permettere al barista di posarmi
davanti il drink. Lo pagai e se ne andò. «Non sono
sicuro di cosa stessi provando.»

«Mi dispiace per la tua perdita.» Sembrava sincero.
Annuii, presi il mio drink e incrociai il suo sguardo. «Sei
sicuro di voler essere qui?»

Scolai tutto il bicchiere in un sorso. «Pensavo che
forse avremmo potuto parlare. Arrivare a conoscerci.»

«È davvero quello che vuoi? Insomma, se è per
questo che sei venuto, allora sono contento di
cazzeggiare, ma quello che sento ribollire tra noi non ha
molto a che fare con la conversazione.»

Un brivido di desiderio mi sfiorò rapido la pelle.
Aveva ragione. Aveva torto. Era troppo maschio per
essere vero.

Scivolai fuori dal lungo sedile, con lo sguardo fisso
nel suo. Max mi seguì fuori della porta, entrambi in
silenzio finché non ci trovammo accanto alla mia
Cherokee. Mi voltai a guardarlo.

«Pensavo che forse avremmo potuto parlare qua
fuori. Vedi, c'è questa scintilla…»

Allungò la mano massiccia verso di me e mi afferrò
sulla nuca. Il bacio fu rude, affamato, feroce. Un po'
come il suo stile di gioco. Mi tolse il fiato, e a quanto
pareva anche il senso della realtà, perché chissà come,
mentre le nostre lingue si intrecciavano e i denti
graffiavano, ci ritrovammo dentro la mia macchina. In
nessun modo avremmo potuto avere spazio a sufficienza.
Eravamo sul retro di un maledetto bar. La gente avrebbe
potuto uscire e vederci. Niente di tutto ciò ci fermò.

Immagino che nessuno dei due fosse in pieno possesso delle sue facoltà.

«Chiudi lo sportello,» ansimai quando ci separammo folli di desiderio. Lo fece, fortunatamente senza lasciarci dentro una gamba. Max era sotto di me e mi tirava la camicia per sollevarla per scoprirmi il petto. Mentre la sua bocca si posava sul mio capezzolo sinistro, trovai la leva e il sedile cadde quanto più possibile all'indietro.

«Sai di puro peccato,» mormorò, poi mi succhiò rumorosamente il capezzolo facendomi inarcare la schiena. Sistemai le gambe ai suoi fianchi e cominciai a ruotare il bacino, premendo l'erezione contro la sua. Inspirò e un soffio di aria fredda investì il mio capezzolo già sensibile. «Voltati.»

«No. Cosa? Oh, merda.» Mi manovrava bruscamente. Le nostre gambe erano troppo lunghe per quello spazio ristretto, ma riuscimmo a districarci. Mi chinai per succhiargli un'ultima volta la bocca prima di girarmi verso il finestrino. Sentii sulla lingua il gusto caldo del whisky di qualità. La sua barba ruvida mi graffiava il mento. Ci stavamo baciando. Non lo facevo più da quando Liam era morto. Nei pochi incontri da allora, non lo avevo permesso a nessuno. Immagino rendesse le cose troppo intime. Però mi era mancato sentire il sapore e la pressione della bocca di un uomo sulla mia.

Era prepotente ma gentile, se la frase ha un senso. Spingeva e tirava, determinato a mettermi come voleva ma senza mai farmi sentire impotente. «Abbassati questi.»

Mi appoggiò le mani sui fianchi e in un colpo solo

tirò giù i pantaloni e i boxer. Dio del cielo, l'interno dell'auto stava diventando soffocante. Mi fece scorrere le mani sul sedere, accarezzando le sfere sode con la pelle callosa e ruvida. Era perfetto.

«Preservativo.» Si sollevò come se stesse cercando in una tasca posteriore.

Strattonai e tirai finché non riuscii a liberare una gamba, poi mi appoggiai con le braccia sul cruscotto, il sedere aperto e pronto ad accoglierlo. Sentirlo scartare il preservativo e poi sputarsi sulla mano mi fece gemere.

«Sì… per le fiamme dell'inferno, sì,» gemetti con le dita strette attorno alla plastica mentre lui mi rimetteva in posizione. Sputò di nuovo. Sentii gli occhi ruotarmi all'indietro nella testa. Il sudore mi imperlava la fronte e il labbro superiore.

«Siediti di nuovo sopra di me, Ben. Piano. Cavolo. Oh cavolo, dovresti vedere…»

Dovetti fare appello a tutte le mie forze per non svenire dal puro piacere di quella grossa erezione che si faceva lentamente strada dentro di me.

«Hai un culo perfetto. Sì, bene, siediti adesso. Piano, piano. Com'è caldo!» Spinse e arrivò talmente in profondità che lanciai un grido, poi gemetti. «Cavalcami. Più forte. Sì, bravo, ragazzo. Così, bravo.»

Con le sue dita affondate nei fianchi, scopammo come bestie. Il mio petto che picchiava contro il cruscotto quando lui spingeva da sotto, e il suo ginocchio che sbatteva contro lo sportello ogni volta che ricadevo per impalarmi su di lui. Ci fermammo alcune volte perché lui si sputasse sulla mano e si stendesse lo sputo sul sesso, poi tornavo su di lui, impaziente di sentire ancora la pressione e il bruciore.

«Ci sei?»

«Sì,» sbuffai mentre ruotavo i fianchi, con il suo membro conficcato in profondità dentro di me. Max emetteva un suono gutturale ogni volta che lo facevo. E anch'io.

Mi cinse con un braccio sudato e mi sollevò. Sbatte contro il tettuccio, poi mi inarcai per stendermi su di lui, con le braccia intrecciate dietro il capo e le mani allargate sul tessuto del poggiatesta.

«Stai lì e continua a muovere i fianchi così.» Il suo tono era ancora più imperioso. Avvolse il palmo attorno alla mia erezione e cominciò a masturbarmi. «Sei uno spettacolo,» mi mormorò sulla pelle mentre spandeva il liquido preseminale sulla punta del mio sesso. «Adesso vieni. Stai lì e vieni. Lascia che quel dolce culetto mi risucchi tutto. Fallo. Lasciati andare, Ben. Sì, così, piccolo. Cazzo, sì. Merda. Ah, merda.»

L'orgasmo arrivò un attimo dopo. Schizzi caldi ed energici mentre dalla bocca mi uscivano suoni a stento umani. Max mi immobilizzò contro di sé con la mano sinistra, una stretta leggermente dolorosa, rendendo ancora più intenso quell'attimo di piacere.

Avvicinò la bocca alla mia nuca e vi si attaccò mentre veniva. Io, viscido di sudore e coperto del mio stesso seme, strizzai forte, stringendo dall'interno il suo membro pulsante per spremere ogni singola goccia.

«Ah, cazzo,» ansimai, esausto e bagnato di sudore e sperma, con i muscoli che continuavano a contrarsi e rilassarsi.

«È stato fantastico,» mi sussurrò Max accanto all'orecchio mentre la frenesia dell'accoppiamento si placava.

Restai seduto lì – o forse disteso, boh – con la schiena contro di lui, il suo membro talmente in profondità dentro di me da rendere difficile persino respirare, gli occhi chiusi, beato.

«Penso di essere venuto sul cruscotto,» dissi alla fine. Max ridacchiò. Una risatina sconcia che mi fece sorridere. Cavolo, era stato davvero fantastico. Caotico. Caotico. Oh, diamine. Caotico e sudato e brutale, proprio come dovrebbe essere il sesso. «Non abbiamo accennato alle nostre condizioni.»

Quelle parole attenuarono gli ultimi bagliori dell'orgasmo. Max mormorò qualcosa contro la mia spalla, mi tracciò con la lingua una scia bollente lungo il collo sudato e, infine, mi sollevò da lui.

«Sì, scusa. La situazione ci è un po' sfuggita di mano.»

Ricaddi sul sedile del guidatore, i pantaloni che mi penzolavano da una gamba e il sedere sulla consolle, tendendomi per un secondo quando sentii la sua mano scivolarmi lungo la fenditura tra le natiche. Mi accarezzò l'apertura con due grosse dita, poi me le ficcò dentro. Fremetti e spinsi contro il suo tocco, desideroso di sentirlo ancora più in profondità. Dita, sesso, lingua... qualunque cosa, purché mi tornasse dentro.

«Sono negativo. Sto attento,» disse.

«Mm, mmm.» Non riuscivo a parlare mentre mi accarezzava in quel modo.

«Ti piace?»

«Sì, tanto. Anch'io. Negativo. Aggiungi un altro dito.»

Ottenni di nuovo quella risatina maliziosa, poi, tirò via la mano e mi diede una piccola pacca affettuosa sul sedere.

«Andiamo da qualche parte dove possiamo essere soli. Con un po' d'aria.»

«Posso arieggiare io.» Mi contorsi sul sedile, muovendomi da una parte all'altra finché non riuscii a coprirmi il sedere con i pantaloni e mi ritrovai seduto di fronte allo sterzo. Max si chinò e mi baciò, posando la mano sul mio uccello ancora all'aria. «Mi servono le chiavi.»

«Casa mia è vicina. Ho tutto. Lubrificante. Preservativi. Giocattoli. Quello che preferisci. Voglio solo che la serata non finisca qui.»

«Dove sono le mie chiavi??» Frugai nelle tasche anteriori. Il telefono scivolò a terra e iniziò a suonare. «Oh, merda, no...» gemetti quando l'auto si riempì della suoneria familiare che segnalava la chiamata di un mio amico in forza presso il Dipartimento di Polizia di Harrisburg. «Devo prenderla.»

«Okay, rispondi.» Ricadde contro il suo sedile, la mano ancora avvolta attorno al mio membro.

Portai il telefono all'orecchio. «Dwayne, se le mie zie sono in cella, di' loro che sarò lì nel giro di un'ora.»

«Fai tre,» disse Max, ancora intento a rianimare il mio uccello.

«Tre ore. Di' loro che sarò lì tra tre...»

«Ben, non si tratta delle tue zie. È il rifugio. È stato devastato. Il vetro della porta d'ingresso è rotto. Un passante lo ha visto e ha chiamato nello stesso istante in cui ha suonato l'allarme del sistema di sicurezza. Ci serve che tu venga quaggiù a dirci se è stato rubato qualcosa.»

«Cazzo!» Lanciai un'occhiata a Max, il quale dovette capire che le cose non sarebbero andate come avremmo voluto e ritirò la mano. «Okay, sarò lì tra mezz'ora. Grazie, Dwayne.»

«Quando vuoi, amico.»

Chiusi la telefonata con il poliziotto che aveva adottato due dei miei cani anziani per i suoi bambini.

«Problemi?»

Con le chiavi ormai in mano, misi in moto la Jeep, avido di sentire l'aria viziata ma fresca del condizionatore.

«Problemi al rifugio. Vandali. Devo andare.» Lo guardai, certo di trovarlo irritato, invece sembrava tranquillo. Sudato, e ancora con il sesso in bella mostra, ma tranquillo.

«Ti va bene se lo rifacciamo?» chiese.

«Possiamo arrivare a un letto la prossima volta?»

«Sì, mi pare un'ottima idea.»

Rimettemmo tutto dentro e chiudemmo le zip, poi mi protesi verso di lui. Gli presi la bocca e lui rispose con passione. Quando ci separammo, il suo sguardo covava ancora desiderio.

«Dammi il tuo numero di telefono.»

Non feci discussioni e rimasi a guardare mentre digitava alcuni numeri, si fece un selfie come foto di contatto, mandò un messaggio a se stesso e me lo restituì.

«Adesso abbiamo i rispettivi numeri. Chiamerò quando torneremo da Philadelphia, bellezza.» Mi diede un buffetto dolce sul viso, poi uscì dalla Jeep, chiudendo lo sportello prima di scomparire.

«Gesù, Giuseppe e Maria,» mormorai, prendendomi solo un istante per cercare di atteggiare la faccia a un'espressione capace di nascondere alla polizia che mi ero appena fatto sbattere alla grande in un parcheggio. Avevo bisogno di altra aria condizionata. Subito.

Capitolo 4

MAX

Il coach Benton non si muoveva. Non camminava su e giù per lo spogliatoio come il mio ultimo capo allenatore. Nemmeno ci insultava come quello che avevo avuto prima ancora. Dopo dodici anni nella lega e sette diverse squadre, avevo visto allenatori camminare, urlare, lanciare oggetti e persino piangere. Ma il coach Benton era una situazione del tutto nuova.

«Dunque, abbiamo perso,» riassunse, serafico, controllato, con le mani abbandonate lungo i fianchi.

Già. L'abbiamo persa 'sta cazzo di partita.

Fermi sui tre gol ciascuno, i Flyers ci avevano superati al ventitreesimo secondo dei tempi supplementari. E c'ero anche io su quella dannata pista. Era a me che avevano fatto gol.

Il coach doveva essere ormai sul punto di dare di matto, così lanciai un'occhiata a Mads, l'allenatore della difesa, che stava lì a osservare la stanza con le braccia incrociate sul petto. Non riuscivo a definire neanche lui. Avrei creduto che sarebbe andato a consolare Ten, seduto scompostamente al suo posto con l'aria di un bambino che ha visto bruciare davanti a sé i giocattoli che gli avevano rubato.

«Questa è la prima partita,» continuò il coach. «Saremo di nuovo qui tra due giorni e possiamo vincere. Stasera abbiamo giocato bene: ho visto un sacco di belle mosse in pista.»

Dopodiché se ne andò, seguito da Mads e dagli altri assistenti, incluso Julio, l'addetto alle attrezzature, che mentre usciva mi lanciò un'occhiata.

Il giorno prima avevamo passato il viaggio in aereo a parlare. Dopo tutto il tempo trascorso nell'NHL, e la mia esperienza in varie squadre, sapevo che la prima persona con cui fai amicizia è il ragazzo responsabile delle attrezzature. Lascia loro caffè pagati, pasticcini, piccoli regali, mettili sull'altare dell'affilatura pattini e rispetteranno il rispetto che nutri per loro.

Julio sarebbe andato in pensione quell'anno: ne aveva viste tante quanto me, ma aveva passato i sessanta e aveva ormai tutti i capelli grigi. Io avevo solo trent'anni, eppure alla fine di quella stagione avrei dovuto smettere anche io.

Sempre ammesso di arrivarci.

Il capitano si alzò. Connor non era soltanto un bravo giocatore, aveva anche un modo di fare che imponeva rispetto. Non si faceva mettere i piedi in testa e non ci avrebbe permesso di lasciare quella stanza finché non avessimo finito di discutere della partita.

«È stata solo sfortuna,» disse, e tutti annuirono. Sapevamo di aver giocato bene e, a parte un unico rimbalzo   fortunato,   avremmo   potuto   ribattere tranquillamente in pista al loro goal e forse saremmo stati noi a vincere. Posò lo sguardo su di me, poi sul mio compagno di difesa, Westy. «Non è colpa vostra,» disse. Fissò Ten, Ads e Larson, a turno. «Nemmeno vostra. Solo perché il goal è entrato quando c'eravate voi in pista, non significa che adesso dobbiate spalare merda.»

Ten annuì, e così feci io.

«Adesso torniamo in albergo, mangiamo e dormiamo un po'. Domani ci ritroviamo qui per gli allenamenti.»

Con la coda dell'occhio vidi Dieter alzare la mano, neanche fosse a scuola. A quel gesto sentii un paio di persone gemere.

«C'è Lola con Trent.»

«Stai scherzando?» esclamò Ten con un lungo gemito. «Lola no. L'ultima volta che si è seduta con noi, ho perso la sensibilità per una settimana a causa dei suoi pizzicotti. E non sul viso.»

Tutti risero. Era chiaro che fosse una specie di scherzo di lunga data di cui non sapevo niente e che risaliva a prima del mio ingresso in squadra.

«Non posso farci nulla,» si difese Dieter con un'espressione da cane bastonato. «Fa parte del pacchetto.»

«Di chi parlano?» chiesi a Westy.

«Della nonna di Trent. È venuta insieme a lui.»

«Perché è un problema?»

Westy mi guardò di traverso. «Lo capirai.»

Ci facemmo la doccia, ci cambiammo e in breve ci riunimmo al coach. L'albergo distava una quindicina di minuti ed era un gran bel posto. Tutto marmo levigato e vetro, era lontano un milione di miglia da alcuni dei buchi in cui avevamo alloggiato in trasferta. Immagino fosse ciò che si otteneva quando si aspirava alla Stanley Cup.

I capi ci accompagnarono in una sala da pranzo privata e chiusero la porta, dicendoci di prendere posto. Notai che i difensori sedettero tutti insieme, e così gli attaccanti, mentre i due portieri – Stan e la sua riserva, che a quanto pareva sarebbe andata via alla fine di quella stagione, se c'era da credere alle indiscrezioni – avevano un tavolo tutto per loro.

Appena finito di ordinare, la porta si spalancò. Non saprei dire cosa mi aspettassi, ma di certo non quello che mi trovai davanti. Una donna bassa, di età indefinita, a braccetto con un ragazzo scheletrico. Vestita di arancione da capo a piedi – l'arancione dei Flyers – spiccava come un faro in mezzo a un mare di uomini in completo scuro.

«Abbiamo vinto!» ridacchiò spalancando le braccia. Vidi lo smilzo sgattaiolare in disparte, poi compresi chi fosse: il pattinatore artistico Trent Hanson, quello che aveva partecipato al reality show con i Railers l'estate precedente. Scivolò da un lato per sedersi al tavolo dove Dieter gli stava tenendo un posto.

Bene, dunque la nonna del ragazzo di Dieter era una tifosa dei Flyers.

Che sfiga.

«Siete perdenti,» aggiunse, e si guardò intorno in cerca di un posto a sedere. Vidi tutti i miei compagni, fino all'ultimo, scivolare più giù sulla sedia, ma erano fortunati: non avevano spazio. Il nostro tavolo sì, e sentii Westy imprecare accanto a me.

Miss Splendore d'arancia venne al nostro tavolo e sedette di fronte a me. Avevo fatto la mia stagione da Flyer, avevo indossato l'arancione, e lei mi guardò quasi con benevolenza.

«Lola,» si presentò. Immaginai fosse il suo nome. «Non avresti mai dovuto lasciare i Flyers.»

Non che avessi avuto molta scelta: ero un mercenario, mandato in qualunque squadra avesse bisogno di un tritatutto come me.

«Mi piace stare qui,» risposi sulla difensiva.

Lei sbuffò e strinse le palpebre. «Sei pericoloso per i miei Flyers.»

Su questo non avevo intenzione di dissentire. Conoscevo il mio valore.

Dopodiché partì all'attacco. Era maleducatamente decisa, rude, esplicita nella sua avversione verso i Railers e io l'adoravo. Faceva ridere, e alla fine della serata ci ritrovammo a parlare tra noi dei giorni gloriosi dell'hockey, che Lola aveva visto di gran lunga più di me. Amavo l'hockey. Ero in grado di citare statistiche, stemmi, ricordare la volta in cui Mario aveva fatto qualcosa a Wayne o Clarke aveva schivato Favell. Ero un'enciclopedia ambulante di stronzate sull'hockey.

Nel mezzo di una filippica di Lola sull'eccessiva velocità di Ten e la sua iniquità nei confronti delle altre squadre, il pensiero mi investì con la forza di un tir.

Cosa avrei fatto senza l'hockey? Chi ero io senza quel gioco?

Cosa ne sarà di me?

Sentii il dolore stringermi il petto e rimasi in silenzio per il resto della cena, e se anche qualcuno se ne accorse, non ne fece parola.

Lola mi abbracciò e mi diede qualche buffetto sulla guancia, poi mi baciò la mano. Non disse nulla, ma io rimasi inspiegabilmente commosso da quel gesto e mi resi conto che avrei voluto che mi stringesse mentre piangevo.

Da dove diamine sbucavano quei pensieri?

All'improvviso ebbi paura. Ero triste perché stavo per lasciare l'hockey? O perché quella cosa nel mio cervello stava cambiando il mio modo di vedere le cose? Di solito ero il duro, non quello che piangeva. C'era qualcosa che non andava?

Andai verso la mia stanza, maledettamente contento di non doverla condividere – grazie a Dio, quell'usanza di merda era finita – e mi tolsi il vestito, appendendolo poi con cura. Feci la telefonata, seduto nella camera calda con indosso la sola biancheria intima, sperando con tutto me stesso che il dottore rispondesse. Di sicuro lo pagavo abbastanza perché fosse reperibile.

Rispose un servizio automatico, ma mi misero rapidamente in contatto con lui, e nel giro di cinque minuti da quando il pensiero di morire mi si era piantato in testa come un chiodo, mi ritrovai a parlare con l'unica persona capace di calmarmi.

«Cosa c'è che non va?»

Il dottor Nolan Warner era un esperto in neurochirurgia endovascolare. Circa sette anni prima aveva passato un po' di tempo a rovistarmi nel cervello, e lo avevo tra le chiamate rapide. Non riuscivo a ricordare l'ultima volta che gli avevo parlato. Avevo ignorato mal di testa e giramenti di ogni genere: già da molto tempo avevo deciso che preferivo non sapere.

Quella volta, tuttavia, era diverso. Era il mio ultimo anno e non volevo morire prima di finirlo. Avevo un lavoro da compiere, una coppa da sollevare.

«Ciao Max,» esordì lui tutto affabile e contento.

«Ho mal di testa,» spiattellai.

Calò il silenzio. Aveva spiegato cosa tenere d'occhio: emicranie violente, giramenti di testa, vista offuscata, nausea, perdita della memoria. Non avevo nessuno di quei sintomi.

«Su una scala da uno a dieci…»

«Uno,» ammisi.

Ovviamente per una persona normale avrebbe potuto essere un cinque, ma per un giocatore di hockey, il dolore a livello uno era nulla. I pattinatori giocavano con le gambe rotte: un mal di testa di livello uno era niente.

Non sospirò né mi diede dell'idiota per averlo contattato. La linea rimase silenziosa per un istante, poi lo sentii muoversi e chiudere una porta.

Lo avevo svegliato? E comunque che ora era a Vancouver?

«Parliamo,» disse con quel tono dolce e insistente da medico.

«Quando lo hai bloccato, mi hai detto che esisteva la possibilità che potesse tornare.»

«No, ti ho detto che il lavoro che avevo eseguito sulla

tua particolare malformazione arterovenosa mi portava a credere che esistesse un novanta per cento di possibilità che non si sarebbero presentati ulteriori problemi.»

«In quell'area,» insistetti.

Il dottore aveva spiegato che, anche se il nodo di vasi sanguigni nel mio cervello era stato tappato e bloccato come un nuovo pozzo petrolifero, esisteva una tenue possibilità che il problema persistesse per sempre. Il dieci percento che peggiorasse nel caso in cui avessi continuato a praticare sport di contatto.

Il dieci percento potevo gestirlo. Diamine, avevo più probabilità di essere investito da un autobus piuttosto che cedesse anche solo una parte del suo intricato lavoro nel mio cervello. Non guidavo più – non me la sentivo di fare la mina vagante sull'autostrada – e il mio testamento diceva chiaramente che lasciavo tutto ciò che possedevo alle mie sorelle.

Però.

Sette anni, mal di testa, e io a tanto così dalla fine della mia carriera.

«Dimmi di nuovo della possibilità che si sviluppi in aree secondarie,» dissi. La sistemazione di un'area poteva comportare un aumento della pressione altrove. Le possibilità rappresentavano una percentuale minima, ma… Non guidavo.

Non rispose, però questa volta sospirò. «Quando torni a Vancouver?»

«Non torno,» risposi. Non sapevamo quanto ci saremmo avvicinati alla finale, figuriamoci se ci fossero arrivati i Canucks, o anche se a un certo punto si sarebbero scontrati con noi.

«Max, intendevo dire che devi prenotare una visita con me a Vancouver. Farò qualche esame.»

Mi aggrappai a quelle parole. Voleva sottopormi a nuovi esami. *Pensa che qualcosa non vada.* Mi si torse lo stomaco, una morsa mi strinse il petto, e mi sentii accaldato, vulnerabile e scosso, tutto in una volta.

«Hai detto che avrei dovuto essere prudente,» scattai. Poveretto, rispondeva al telefono e si ritrovava un infelice figlio di puttana a piagnucolargli nell'orecchio. Ma che diavolo mi era preso?

«Max, calmati.»

Lo feci. Immediatamente. Come i cani di Pavlov con il campanello reagii al comando pronunciato con voce autoritaria e la tensione si sciolse dentro di me.

«Prenota un appuntamento con la mia segretaria. O anche no. Magari torna e vieni da me per una visita quando puoi. O no. In ogni caso, fatti vedere. Prendersela in questo modo per un mal di testa di livello uno non è logico e temo che possa esserci un problema psicologico latente.»

Non era ciò che volevo sentire. Il mio cervello stava perfettamente bene, grazie tante.

Be', malformazione arterovenosa, rischio di morte e il fatto che stavo andando fuori di testa a parte.

Salutai, dissi al dottore che sarei andato per una visita e chiusi la telefonata.

A esclusione del mio respiro, la stanza era immersa nel silenzio assoluto, non arrivava nemmeno il suono della strada venti piani più sotto. E mi sentii inutile. Avrei dovuto dormire, ma la sconfitta e i pensieri cupi che mi si agitavano nel petto mi facevano girare e rigirare nel letto. Alla fine mi alzai, recuperai l'iPad e sedetti sul divano nell'angolo con una cioccolata calda. Controllai le notizie, diedi un'occhiata ai titoli di merda e chiusi. Aprii Candy Crush, ma i colori erano troppo brillanti e non riuscivo a concentrarmi.

Qualcosa nella partita che stavo giocando mi ricordò Ben.

Chi volevo prendere in giro? Appena smettevo di pensare all'hockey, era Ben che colmava il vuoto.

Proprio come avevo giocato con un sacco di squadre, ero anche stato con un sacco di uomini, di ogni tipo, ma Ben era diverso.

E non riuscivo a capire cosa lo rendesse tanto diverso.

Forse il fatto che stavo seduto al buio a fissare una partita di caramelle e intanto pensavo a una scopata in macchina con un Adone sexy e slanciato dalla pelle scura. Forse perché era un long drink e io avevo sete. Forse perché era una novità e alla fine mi sarei stancato anche di lui.

Ricordavo i suoni che gli erano usciti di bocca – i sospiri, gli ansiti – il fatto che mi aveva preso dentro di sé e aveva subito cominciato a rispondere alle mie spinte per averne di più. E i baci.

Mi stava diventando duro, e pregustai il piacere di divertirmi da solo al ricordo dei suoni che faceva e della sensazione che avevo provato nell'affondare dentro di lui.

Prima, però, volevo vedere la sua foto, scoprire altro, e mi ricordai che gestiva un canile rifugio no-kill. Last Roads? Dog Roads? O qualcosa con Roads. Digitai su Google i rifugi no-kill a Harrisburg ed eccolo là, primo della lista: Crossroads No-Kill.

La sua foto non era sulla home page: quell'onore apparteneva a Diana Pierce, che deteneva il titolo di direttrice del canile. Era una donna bassina e rotondetta con una testa di riccioli scuri, e la foto la ritraeva con una bracciata di cuccioli. Nel mio piccolo facevo la mia parte per la beneficenza. Forse avrei potuto aiutare anche loro, i cani mi piacevano abbastanza da farci un pensiero. Forse avrei potuto modificare il mio testamento per destinare un po' di soldi al rifugio. Diamine, fare il tritatutto non pagava come fare la superstar, ma in passato avevo incassato anche due milioni a stagione, cosa da non disprezzare.

Cliccai tra le pagine: storie di adozioni, testimonianze, informazioni sul veterinario esterno, il dottor Vince Owens, e mi documentai sulla consulente per le adozioni, Abby, che aveva scritto un post sull'impatto dei cani nella vita delle persone. Il sito web era professionale, divulgativo, ma ancora non avevo trovato ciò che stavo cercando.

Poi eccolo. Una foto mozzafiato di Ben e il suo cane che sembrava un husky, anche se la descrizione lo definiva un malamute, e un breve paragrafo sul perché avesse rilevato il rifugio. L'uccello mi diventò ancora più duro e me lo massaggiai: cosa non avrei dato per averlo sotto di me in quel preciso istante. O piegato sulla scrivania nell'angolo, o in ginocchio.

Non so cosa cliccai, ma all'improvviso sullo schermo comparve una nuova foto: Ben insieme a un altro uomo. Non si stavano abbracciando né si tenevano per mano, ma Ben lo guardava, e l'amore profondo nei suoi occhi era evidente.

Lessi l'articolo, e la mia erezione se ne andò più veloce di Ten su un contropiede.

Quello era Liam, il marito di Ben che, anche dopo la tragica scomparsa, aveva ispirato quotidianamente Ben a continuare la battaglia per la ricollocazione dei cani. Era biondo, con luminosi occhi azzurri, e il cucciolo tra le sue braccia era una versione minuscola del cane nella foto dove Ben era da solo. La didascalia sotto diceva: «Liam, Ben e Bucky». Mi chiesi di cosa fosse morto, poi vidi il link per le donazioni alla ricerca sul mieloma multiplo, che, approfondendo la lettura, scoprii essere aggressivo e rapido.

Avevo giocato tantissime volte al gioco dei se. Quando mi avevano detto cosa non andasse in me, avevo chiesto se sarebbe stato rapido, o lento. Non avevano una risposta. Avrei preferito andarmene velocemente, o tirare avanti a lungo? Se fosse stato lento, avrei avuto il tempo di salutare tutti. Mia mamma, le mie sorelle, gli amici che mi ero fatto nel periodo dell'hockey. C'erano persone che avrebbero sentito la mia mancanza.

Solo che non sarebbe stata una persona in particolare, un uomo che mi amasse quanto Ben aveva amato suo marito Liam.

Decisi di tornare a letto. L'idea di masturbarmi era svanita, il bisogno di farlo si era ridotto a nulla.

Avevamo perso una partita. Ben aveva perso un marito. Io ero a tanto così dal perdere tutto.

Come diavolo avrei fatto a dormire con tutti quei pensieri in testa?

L a partita seguente la vincemmo. Non so come, ma se avessimo potuto imbottigliare l'energia che impiegammo in quella partita, saremmo diventati miliardari. Ten fu il primo a infilare il dischetto in rete in un power play. La difesa della squadra avversaria era sciatta, stanca... chi lo sa? L'unica cosa certa era che ci lasciavano passare.

Forse Ten era più veloce?

Forse Connor era più astuto?

Forse i difensori dei Railers erano bravi e basta?

O forse fu Stan, che si allungò al massimo e a un certo punto fece letteralmente una ruota per afferrare un dischetto in aria dopo che era rimbalzato sul palo.

Non concedemmo nulla.

Una vittoria tre a zero per noi, il girone in pareggio, e le prossime partite a casa, a Harrisburg.

L'atmosfera nello spogliatoio era più allegra, e mi chiesi cosa avrebbe detto quella volta il coach. Parlò con un tono più felice, ma il messaggio fu identico.

«Avete giocato bene. Ho visto cose davvero buone in pista. Ben fatto.»

Mads, invece, fece il giro per dare il cinque ai suoi difensori, e io non potei fare a meno di sorridere, nonostante la coscia mi facesse un male cane per essermi preso un dischetto davanti alla rete. Anche con l'imbottitura, un proiettile a cento miglia orarie lascia il segno.

«Fatti vedere,» insisté Mads, e indicò la mia coscia. «Appuntamento sull'aereo tra due ore, ma assicurati di farci mettere del ghiaccio.»

Nulla poteva davvero far scomparire il livido, ma per lo meno si sarebbe potuto tentare di ridurlo. Nella stanza con me c'era Ten – aveva preso un colpo piuttosto di merda sulla balaustra in un power play quando io ero in panchina esausto dopo il mio cambio. L'avevano preso di mira e gli erano stati addosso. Poveraccio.

«Questo è solo l'inizio,» gli dissi quando fece una smorfia per il ghiaccio e si toccò il braccio.

«Uno stronzo mi ha tagliato,» mormorò Ten, e si controllò la mano, aprendo e chiudendo il pugno. Avrebbe restituito pan per focaccia. Ricordai quando avevo la sua età ed ero ansioso di conquistare il mondo e trovare il mio posto.

«Stai attento,» risposi. Poi rimpiansi di non aver taciuto, perché Ten mi guardò con *quello* sguardo negli occhi.

«Sembri giù,» osservò. «Abbiamo vinto.»

«Una vittoria non significa che si debba sorridere per tutto il tempo fino a casa.» Mi accorsi di fare discorsi idioti, come una specie di brutta copia del maestro Miyagi, e Ten me lo fece notare senza però affondare il coltello nella piaga. Partì con una risatina, che si trasformò quasi subito in una risata vera e propria, e alla fine non riuscì più a smettere, costringendomi, mio malgrado, a unirmi a lui.

«Sagge parole elargisci,» riuscì a dire tra le risate. «Non esiste il provare, solo il fare.» A questa affermazione quasi se la fece sotto e anche io non riuscii a fare a meno di sentirmi più leggero.

Quando lasciammo la sala terapia, stavamo ancora ridendo e scambiavamo stupide battute di film. Scoprii che, per essere giovane, Ten conosceva un sacco di vecchie pellicole.

Glielo dissi, e lui mi guardò come se fossi stupido.

«Max van Hellren, un metro e ottantanove, centoquattro chili, difesa, destro, sessantunesimo nella classifica dei migliori giocatori, età trent'anni. Giusto?»

«Hai memorizzato tutte quelle cazzate?»

«Già,» disse Ten allegramente. «Mads continuava a ripetere di volerti, e non voleva lasciar perdere. Quello che voglio dire è che non sei molto più vecchio di me. Ma che avete voialtri con questa ossessione per l'età?» Rise ancora mentre cercavo di pestarlo e si scansò. «Sei lento, vecchietto,» disse, poi corse via. Avrei potuto rincorrerlo, ma ero stanco e ruotai il collo mentre lo seguivo a passo più rilassato.

Il volo di ritorno fu tranquillo. Mancavano due giorni alla nostra prossima partita contro il Philadelphia, in casa e, a parte gli allenamenti e il sonno, c'era solo un'altra cosa che volevo fare.

Vedere Ben.

Come riuscii ad aspettare tanto a lungo non lo so. Dopo gli allenamenti, presi un taxi per coprire la breve distanza dal mio grande appartamento vuoto fino al rifugio, con le parole del coach che ancora mi frullavano nella testa.

Voleva che tenessimo d'occhio Ten. Che lo proteggessimo. E non solo Ten, ma anche gli altri che costituivano le nostre maggiori possibilità contro i nostri avversari. Era su questo che mi stavo concentrando quando il taxi mi lasciò davanti ai cancelli del Crossroads No-Kill Shelter. C'era un citofono e suonai.

«Buongiorno, cosa posso fare per lei?» chiese una voce femminile.

«Sono qui per vedere Ben,» dissi. Perché era vero.

«Può dirmi il suo nome?»

«Max.»

Per un attimo pensai che avrebbe fatto altre domande, ma poi mi dissi quel rifugio era aperto ai visitatori, no? Dunque facevano entrare la gente. Incluso un giocatore di hockey arrapato.

Attesi con pazienza finché non fui raggiunto da Diana, la sorridente brunetta del sito web.

«Mi spiace, ma oggi il rifugio apre alle tre per le visite, e Ben è sul retro con alcuni nuovi arrivati. Posso esserle d'aiuto? È in cerca di un'adozione?»

Avrei potuto mentirle e dire che ero lì per un cane, ma non ero nelle condizioni di dare una casa a un animale. Sarebbe stato destinato a una riadozione nel caso mi fosse successo qualcosa.

«No, si tratta di una visita personale.»

Mi guardò sbattendo le palpebre – era chiaramente una novità per lei – e sembrò indecisa, gli occhi che corsero verso destra, dove immaginai si trovasse Ben. Mi sarebbe bastato entrare e cercarlo, ma questo l'avrebbe messa in agitazione per motivi di sicurezza, ne ero certo. Decisi di rassicurarla.

«Può dire a Ben che Max il giocatore di hockey è qui per vederlo?»

Annuì e si voltò per allontanarsi, ma non ne ebbe bisogno.

«Va tutto bene,» gridò Ben da un sentiero alla nostra destra. «Vieni pure, Max.»

Sorrisi a Diana e quando mi congedai la vidi molto più tranquilla.

Ben mi porse la mano. «Ti chiedo scusa. Gli atti vandalici ci hanno resi tutti nervosi.»

Mi chiesi cosa avrebbe potuto fare la minuscola Diana contro un ragazzone come me. Pensai che forse avrebbero avuto bisogno di implementare la sicurezza e non permettere a stupidi giocatori di hockey di oltrepassare il cancello. Non lo dissi, però. Ero troppo impegnato a stringergli la mano e non lasciarla andare neanche quando fece per tirarla via.

Per un momento restammo lì e lui inclinò leggermente il capo, pensieroso.

«Ti ci è voluto un po' per trovarmi,» disse con un sorriso dolce e misterioso.

«Mi spiace, avevo qualche partita da giocare.» Gli lasciai la mano e lui arretrò di un passo.

«Vuoi vedere qualche cucciolo?»

Speravo che fosse un eufemismo per il sesso, invece no, voleva davvero farmi vedere gli animali, un gruppetto di sette grassi cuccioli neri di labrador che si dimenavano tra saltelli e un abbaiare rumoroso. Non sapevo perché si trovassero lì o quale fosse la loro storia, ma…addio, me li sarei portati tutti a casa. In quel preciso istante. Sul sedile del passeggero in un taxi, e il sedile posteriore, e ovunque volessero mettersi.

Quando lo guardai, Ben mi rivolse un sorrisino, e merda, fui perso.

Quel sorriso era roba potente.

Capitolo 5

BEN

Che occhi splendidi aveva quell'uomo.

Era questo il pensiero che mi martellava nella testa mentre raccoglievo una scodinzolante palla di pelo nero e la porgevo a Max. Erano marrone e oro. Davvero stupefacenti. Sempre colmi di calore. Come una stufa a legna tenuta a fuoco basso. Mi piaceva guardarli. Diamine, mi piaceva guardare tutto di lui. Avevo sempre avuto un debole per gli sportivi. Liam era un bravissimo giocatore di tennis e aveva addirittura cullato aspirazioni di diventare professionista, ma i problemi al gomito durante il college avevano sabotato i suoi piani.

Ehi, coglione. Smetti di pensare a Liam. Concentrati su quest'uomo. Quello vivo che respira, con il sorriso assassino e quelle braccia incredibili.

«Ti piacciono i cani?»

Max annuì, permettendo al cucciolo di spalmargli sulla faccia baci puzzolenti di fiato canino. «Oh, sì, li adoro.»

Quella era una grossa spunta in una casella mastodontica.

«I gatti?»

«Certo.»

Un'altra casella spuntata.

Avevo finito le domande. Merda. Volsi lo sguardo verso il retro dei canili, ansioso di trovare qualcosa di cui parlare. Max si stava godendo la sua lavata di faccia, perciò non si accorse più di tanto dell'imbarazzato silenzio che cadde tra noi come una cappa.

Ci oltrepassarono due bambini in bicicletta. «Quando avevo dieci anni, diedi una testata sul manubrio. Mi misero dieci punti proprio qui.»

Indicai sotto il mento. Max allungò una mano per inclinarmi la testa con due dita robuste.

Poi baciò la cicatrice. Il mio ventre si incendiò immediatamente di desiderio e il calore strisciò a riscaldarmi le membra, uccello incluso.

«Oh, okay.» Me ne stetti lì, con i cuccioli che mi saltellavano sulle scarpe, mentre permettevo a quell'uomo di continuare a baciarmi la gola, anche se il bacio sul pomo d'Adamo si trasformò piuttosto in un succhiotto. Il mio membro apprezzò moltissimo.

«Quando esci?» chiese con una voce ruvida come cartavetra.

«Appena troviamo un posto dove stare da soli.»

Risposta che fece ridacchiare Max e arrossire me. Di solito non sono così audace con gli uomini. Avevo passato settimane a imbarazzarmi attorno a Liam, rendendomi ridicolo finché non aveva avuto pietà di me e mi aveva chiesto di uscire.

«Non intendevo quello.» Si staccò dal mio mento e i nostri sguardi si incrociarono. Inarcò lentamente un sopracciglio. «Cioè lo intendevo, ma non era previsto che venisse fuori. Mi rendi maldestro.»

«Che ne dici di procurarci qualcosa da mangiare, parlare un po' e poi cercare un posto dove darci da fare?» Posò il cucciolo con i suoi compagni di nidiata.

«Devo finire di inserire questi giovanotti nell'archivio del rifugio.»

«Posso aspettare.» Arretrò di qualche centimetro, il che fu un sollievo. Più o meno. «Perché sono qui?»

Buttai giù qualche appunto sul mio iPad. «Sono stati scaricati sotto il Market Street Bridge.»

Sgranò gli occhi. «Tipo buttati nel fiume in un sacco?»

«No, grazie al cielo. Solo lasciati in una scatola accanto all'acqua.» Forse nel dirlo atteggiai le labbra a un ringhio.

«Fottuti schifosi.»

«Sì, fanno schifo.» Distolsi l'attenzione dalle informazioni di ammissione. «Li raduniamo e li mettiamo in un'area isolata del rifugio per i nuovi arrivi. Domani il nostro veterinario verrà a visitarli, farà loro le punture e li sverminerà.»

«Poi tu li aiuti a trovare una casa.»

Sorrisi. «Incrociamo le dita. I cuccioli vanno via in fretta. Sono i cani anziani che nessuno vuole.»

Sembrò perdersi un attimo nei suoi pensieri, forse per ricordare un vecchio amico a quattro zampe che poteva aver avuto. Poi, repentinamente come si era assentato, tornò presente e mi investì con la potenza del suo sguardo, quel fuoco che ormai avevo imparato a conoscere che divampava nelle profondità ambra e marrone.

«Scusa, pensavo ad altro.»

Lo rassicurai con un cenno della mano e portammo i cuccioli in isolamento dentro una fila di gabbiotte separate dai percorsi principali. Non c'erano aree esterne, perché non sapevamo se i cani in ingresso fossero sicuri per l'interazione con gli esseri umani. I cuccioli rotolarono l'uno sull'altro, contenti delle ciotole di pappa e acqua che Diana aveva predisposto per loro prima di spostarsi in disparte con la bocca contratta, lo sguardo che correva da Max a me mentre parlavamo dei cuccioli.

Poi Max si rivolse a lei. «Posso rubarlo per un po'?»

«Penso di sì,» rispose Diana con un occhiolino d'intesa prima di allontanarsi senza aggiungere altro.

«Allora, cibo. Hai pranzato?»

«Ah, no, non ancora. Avevo intenzione, ma mi sono trovato immerso nelle scartoffie fino alle orecchie. Uscire ad accogliere i cuccioli in realtà sarebbe compito di Diana, ma l'ho supplicata di farmelo fare. Dopo qualche ora stare rinchiuso mi pesa.»

«Lo capisco.» Mi girò intorno e aprì la porta che conduceva agli uffici e all'ambulatorio.

«Fammi solo prendere Bucky e possiamo andare.»

«Porti il cane?»

«Non posso lasciarlo qui.» Aprii la mia porta e Bucky uscì trotterellando e agitando la coda, ansioso di salutare di nuovo Max. L'omone gli arruffò il pelo grigio tra le orecchie con la sua grossa mano.

«Sarà difficile trovare un posto dove mangiare con un cane,» disse.

«Lascia fare a me.»

Un'ora dopo passeggiavamo lungo i sentieri di Wildwood Lake, un parco meraviglioso che includeva aree paludose, piste ciclabili e percorsi da jogging, ed era dog-friendly fintanto che il tuo amico era al guinzaglio. Io e Max ci sedemmo su una panchina all'ombra di un boschetto rigoglioso, appena discosto da un sentiero da jogging, a mangiare un panino imbottito mentre Bucky stava seduto sull'attenti, in cerca di scoiattoli.

Appresi molto sull'uomo con cui ero stato così intimo. Parlammo entrambi della nostra infanzia, dei progetti per il futuro e del comune amore per gli sport. Mi raccontò un paio di storielle divertenti su ex fidanzate e fidanzati, il che rispose anche a una delle domande più importanti.

I nostri gusti musicali erano più o meno simili, per quanto lui confessò di non amare molto la musica. Ci piacevano gli stessi film e guardavamo in parte gli stessi programmi televisivi. Non era più un grande lettore, ammise, ma gli piacevano i gialli. Io avevo un debole per tutto Stephen King, anche se mi spaventava a morte. Max sorrideva disinvolto, rideva ancora più disinvolto, e mi toccava in un modo delicato di cui non sembrava vergognarsi.

Dopo che mi ebbe sfiorato l'avambraccio con le dita, mi protesi e premetti le labbra sulle sue. Lui non si ritrasse né parve spaventato di farsi vedere a baciare un uomo.

«Sei pronto ad andare a spogliarti?» chiese, facendomi danzare le parole sulle labbra.

«Sì.» Lo avevo immaginato disteso sul mio letto, con le gambe muscolose e le braccia forti divaricate, mentre offriva tutto quel corpo massiccio e villoso alla mia mercé.

Ci avviammo in auto verso casa mia. Con un senso di colpa infinito, chiamai il rifugio per assicurarmi che al mio personale andasse bene che mi prendessi un paio d'ore di permesso. Non era mai successo. Mai. Lanciai un'occhiata di lato, vidi Max e mi sentii arrossire. Quell'uomo aveva su di me un effetto indescrivibile.

Notai che il posto auto delle mie zie era vuoto e ringraziai Dio e tutti gli angeli che quel giorno fossero fuori a picchettare qualche povero senatore o membro del congresso o giudice. Sì, guidavano ancora. Nessuno alla motorizzazione *osava* togliere loro la patente.

Appena entrati nella mia casa alta e stretta, andai nervosamente ad aprire le finestre, mentre Max gironzolava e osservava il mobilio consumato.

«Bella casa. Accogliente. Questo è tuo marito?» Sollevò una foto di me e Liam ai tempi del college, entrambi fradici per un capitombolo dalla canoa durante una gita fatta una primavera lungo il fiume Tioga, nel nord della Pennsylvania.

«Già, quello è Liam.»

Per un attimo mi sentii disgustoso. Quasi avessi tradito Liam portando Max a casa nostra.

«Lo vuoi ancora?»

Distolsi lo sguardo dai vecchi sottobicchieri di sughero sul tavolino. Li aveva comprati Liam quando eravamo andati a New York per una partita degli Yankees quattro anni prima.

«Sì, certo.» Gli tesi la mano. Il suo palmo ruvido scivolò sul mio umido. Lo condussi al piano di sopra, in una delle due camere da letto: la mia, la più grande. Nell'attimo in cui spalancai la finestra fu invasa da una dolce brezza estiva e dai suoni del vicinato. Bambini che giocavano, il ronzio costante del traffico, qualcuno che gridava, il lamento di una sirena in lontananza. I rumori della città. Max si tirò la camicia sulla testa e io allungai la mano alle mie spalle per mettere la mia foto di nozze a faccia in giù.

Dio, era proprio tanta roba! Ampio dove doveva, snello dove contava. Rimasi inchiodato dov'ero, con il sedere posato sul cassettone, mentre lui si toglieva disinvolto i vestiti senza mai distogliere lo sguardo dal mio.

«Sono un po' malandato alla luce del giorno, eh?»

Scossi il capo. «Per niente.» Aveva, sì, qualche cicatrice. Chi non le ha? Nulla che mi smontasse, comunque. Anzi. Tutti quei graffi e ammaccature della vita accrescevano il suo fascino, proprio come le rughe intorno agli splendidi occhi.

Attraversò la stanza per raggiungermi, lunghe gambe mascoline e camminata spavalda, e a ogni passo sentivo il mio uccello ingrossarsi un po' di più.

«Sei bellissimo,» disse, mentre mi faceva scivolare i palmi sotto la maglietta, spingendo il colletto fino al mento per poi tirarmela sopra la testa. Allungai la mano e gli afferrai il sesso, avvolgendovi attorno le dita e facendole scorrere fino alla base e poi di nuovo su, per accarezzare la punta liscia.

Il tempo rallentò, o così parve. La sua bocca calò sulla mia, le sue dita mi pizzicarono i capezzoli mentre io continuavo ad accarezzarlo. Poi il tempo accelerò e mi ritrovai sul letto con Max sotto di me, i pantaloni lanciati sul cassettone. Dalla punta del suo sesso uscì una lacrima di liquido preseminale salato mentre vi strofinavo contro il viso.

Ci rotolammo e stringemmo, stuzzicandoci con le dita e la lingua, ridendo piano dei rumori del suo ginocchio o dello scricchiolio della sua spalla quando gli sollevai le braccia sopra la testa e gli mordicchiai i bicipiti fino alla folta peluria dell'ascella e poi giù lungo il fianco.

«Voglio scoparti,» ansimai contro il suo ombelico. Max si inarcò, permettendomi di infilare la lingua nella piccola apertura e strappargli un gemito. Fu un suono eccitante, almeno per me. Stridulo e ansimante, mi arrivò dritto alle palle, riempiendole.

«Sì, scopami, Ben.»

Scivolai su di lui, i petti sudati che scorrevano l'uno sull'altro, e frugai nel cassetto del comodino. Non c'erano preservativi, solo il lubrificante.

«Hai una protezione?» chiesi. Lui annuì.

«Nel portafogli.»

Un attimo dopo ero tornato a letto e gli sollevavo le ginocchia contro il petto, per poi infilarmici in mezzo, la sua stretta apertura in bella mostra per me. Le mani mi tremavano talmente forte che ebbi qualche difficoltà a indossare il preservativo. Poi presi troppo lubrificante, ma a lui sembrò non importare quando gli colò lungo la fessura del sedere. Immagino che le mie dita che gli scivolavano dentro e fuori rendessero abbastanza irrilevante la macchia umida sulle coperte.

«Scopami, Ben. E non preoccuparti di essere gentile. Posso prendere tutto e anche di più.»

Gli scoccai un'occhiata provocatoria a cui rispose con un ghigno. «Okay, dunque è una sfida, giusto? Come se il mio cazzo non potesse sbatterti abbastanza forte da farti dimenticare come si parla.»

Mi presi il sesso in mano e lo usai per dargli qualche colpetto sull'apertura umida.

«Prendilo come ti pare, meraviglia.»

Così feci. Lo presi esattamente come volevo, infilandomi dentro di lui e affondando quanto più possibile. Max emise un verso di piacere, stringendo le dita sulle ginocchia. Spinsi ancora più a fondo, ruotando il pube in piccoli cerchi, ansioso di sentirlo rifare quella specie di ringhio appassionato. Lo ottenni e mi sentii l'uomo più potente dell'universo. Mi tirai fuori e affondai ancora, venendo ricompensato da un altro gemito gutturale.

«Vai avanti finché non mi vengo addosso. Non rallentare. Scopami, Ben. Fammi sentire che sono vivo.»

Sollevai lo sguardo dal nostro punto di congiunzione. I suoi occhi color dell'ambra traboccavano di emozioni che non riuscivo a identificare. Di sicuro c'era la passione, ma anche qualcos'altro. Tristezza? Paura?

Mi bloccò in basso, stringendomi il membro con i muscoli interni, e io smisi di preoccuparmi troppo per altro. Mi concentrai sul ritmo, la velocità, sull'attrazione del suo corpo mentre pompavo dentro e fuori di lui.

«Merda. Ah, merda, merda, merda!» ansimai quando sentii accendersi la scintilla di un imminente orgasmo. Max era disteso sotto di me, viscido di sudore, e si masturbava in perfetta sincronia con i miei colpi. Poi, all'improvviso, esplosi. Usando le ginocchia per fare presa, scivolai ancora più su, folle dal desiderio di seppellirmi a fondo e con forza in lui. Emise un gemito lungo e sommesso e si venne sul petto e lo stomaco. Qualche gocciolina perlata gli atterrò sul mento. Era stato un orgasmo di prima classe e ricaddi su di lui, perdendo un po' di profondità ma guadagnando il sapore intenso e inebriante del suo seme sulla lingua. Gli leccai la barba, poi affondai nella sua bocca, intrecciando la lingua scivolosa alla sua.

«Oh merda,» dissi ancora una volta quando interrompemmo il bacio.

Max mi cinse con un grosso braccio muscoloso e distese le gambe con una piccola smorfia. Poi invertì le nostre posizioni e con il petto sigillato al mio dal suo seme appiccicoso, mi depredò la bocca come non dovesse mai più baciare un uomo. Mi aggrappai a lui come una rosa rampicante, l'unico desiderio quello di poter continuare quella selvaggia intimità. Tuttavia, non poteva durare per sempre. La vita doveva riappropriarsi nel nostro piccolo pomeriggio di delizie. Sbuffai quando mi venne in mente quella vecchia canzone della Starland Vocal Band. Gli toccai il viso con la punta delle dita, spianando le rughe sulla fronte mentre iniziavo a canticchiare lo stupido ritornello di *Afternoon Delight*.

«Oh, cristo,» ridacchiò Max ricadendo disteso accanto a me mentre il caldo vento estivo si impegnava ad asciugarci la pelle. «Sei un idiota.»

Risi forte. «Questo è il genere di pausa pranzo di cui ho bisogno ogni giorno.»

«Dillo a me.» Rotolò sulla schiena e fissò il soffitto. «Al mattino gli allenamenti, poi cibo, sesso con un bellissimo uomo e un sonnellino. La perfezione.»

Ridacchiai, ma poi dovetti lasciare il letto, e l'uomo sexy che lo occupava, per sbarazzarmi del preservativo. Caracollai fino all'ingresso e mi infilai nell'unico bagno. Quando tornai, Max si stava tirando i jeans sul sedere. Mi rattristai nel vedere che si stava preparando ad andare via, avevo sperato di rubare un altro po' di tempo con lui.

Il suo sguardo sexy sfiorò il mio. «Pensi che ti andrebbe di venire alla prossima partita?» Mi sentii subito un po' meglio. «So che non siamo quel cazzo di *Washington* o roba del genere, ma insomma…»

Non riuscì a nascondere il sorriso, e io nemmeno.

Fu così che alla partita successiva mi ritrovai incuneato tra un pattinatore artistico truccato e coperto di glitter, con in testa un eccentrico cappello verde con le piume e una paffuta e minuscola asiatica con la felpa arancione dei Flyers.

«Ah! Hai visto?? Quello era un colpo basso! Stai guardando o no?»

Distolsi rapidamente lo sguardo dall'irata donna che

scuoteva il pugno in direzione di Max perché aveva steso uno dei Flyers.

«Lola, smettila di tormentare Benton.»

Cercai di riportare lo sguardo sulle altre donne intorno a noi – che immaginai essere mogli e fidanzate – ma la lunga piuma di pavone sul cappello di Trent mi punzecchiò l'occhio.

«Oops! Scusa. Maledette le mie piume.» Trent mi porse un fazzoletto verde lime per asciugarmi l'occhio lacrimante. «Allora, sputa il rospo. Raccontami com'è che tu e Max siete diventati una coppia.»

«Oh, be', uh… non siamo proprio una coppia. Solo amici.» Figurarsi se avevo intenzione di mettermi a discutere del rapporto tra me e Max con un uomo incontrato appena trenta minuti prima.

«Mmm-hmm. Amici con i benefit. *Lola*, cosa ti ho detto riguardo al fatto di rivolgere quel gesto ai Railers?»

«Ho alzato il dito medio a Rowe. Ha fatto una brutta mossa contro il mio uomo!» La minuscola donna teneva entrambi i diti medi ben al di sopra della sua testa.

Trent sospirò. «Non ascolta mai.» Non avevo mai visto un uomo più sgargiante in vita mia, e avevo trent'anni. «Okay, torniamo a te e Max.»

«Non c'è nessun me e Max,» ripetei, quasi perdendomi uno spettacolare tiro in rete che il portiere dei Flyers riuscì a malapena a bloccare. Diamine, Tennant Rowe era veloce. Se al prossimo girone i Railers avessero dovuto incontrare il Washington, ci sarebbe stata una bolgia infernale intorno alla rete della mia squadra del cuore.

«Oh sì, giusto. Non c'è nessun te e Max. Allora mi chiedo perché abbia sborsato i contanti per questi posti speciali se non ti sta titillando – o viceversa – il sederino. *Lola!* Non scherzo, smettila subito con quella bocca! Ci sono dei bambini!»

La donna grassoccia in arancione si sedette e cominciò a borbottare nella sua lingua madre. Non volevo sapere cosa avesse fatto con la bocca.

«Ascolta, Trent, so che sembrerà scortese, ma possiamo non parlare di quello che io e Max facciamo a letto e limitarci a guardare l'hockey?» Agitai la bandierina verso gli uomini in pista.

«Ah! Allora tu e Max *vi state* titillando il sederino! Lo sapevo! Ho un sesto senso per le porcellonate gay. Voglio i dettagli. Scommetto che a letto è un ragazzone cattivo.»

Lo guardai a bocca aperta. «No. Non ho intenzione di raccontare i dettagli.»

«Guastafeste,» disse Trent, poi sorrise. Sospettai che prima della fine della serata sarebbe riuscito a farsi raccontare tutto.

A metà partita, sentii il telefono vibrare. Lo estrassi dalla tasca interna della felpa e vidi che era Diana. Il che era strano. Raramente telefonava a meno che non fosse un'emergenza.

«Dammi un attimo,» urlai nel telefono. Diana poteva anche aver detto «okay», ma sarebbe stato difficile dirlo, visto che la folla stava fischiando una pessima decisione a sfavore dei Railers.

«Dopo raccontami cosa è successo,» gridai

all'orecchio di Trent. «Devo rispondere a questa chiamata.»

Lui annuì. Camminai tra piedi e bicchieri di birra finché non uscii dalla nostra fila, poi corsi su per le scale e mi infilai nel bagno degli uomini più vicino.

«Okay, cosa è successo?» Nelle ultime settimane avevamo dovuto gestire crescenti episodi di vandalismo. Il vetro infranto alla porta d'ingresso, un tentativo di forzare le serrature delle finestre e un insulto razziale piuttosto sgradevole dipinto sulla facciata laterale dell'edificio alcuni giorni prima.

«Ho appena ricevuto una telefonata dal responsabile della SecureGuard Security per confermare che domani alle otto saremo al rifugio per far entrare i suoi tecnici. Lo hai chiamato tu e hai dimenticato di dirmelo?»

Sgattaiolai intorno a due uomini che si stavano lavando le mani ed entrai in un bagno. «No, neanche per sogno. Non abbiamo abbastanza soldi in cassa per coprire l'acquisto di nuovi giocattoli da masticare, figuriamoci per l'installazione di un sistema di sicurezza. Gli hai detto che si trattava di un errore?»

«L'ho fatto, ma hanno detto che l'ordine di lavoro era stato verificato e il totale era già stato pagato. In contanti.»

«In contanti?» Spostai un po' il piede per evitare una piccola pozza sul pavimento. «Chi diavolo ha così tanti soldi a portata di mano? E voglia di spenderli per noi?»

«Non ne ho idea. Gli ho detto che lo avrei richiamato. Cosa devo dire?»

Qualcuno tirò uno sciacquone. «Hanno detto chi ha pagato?»

«Un anonimo amante dei cani.»

«Cazzo!»

«Esatto! Pensi davvero che adesso abbiamo un ricco benefattore misterioso? Sarebbe incredibile se fosse così.»

«Onestamente non so cosa pensare.» Fui raggiunto da voci maschili impegnate in una conversazione. Riflettei per un lungo istante. «Okay, be', allora chiamali e digli di procedere. Sembra che per una volta Dio abbia deciso di sorriderci.»

Uscii dal bagno e tornai nello stadio mentre Diana strillava per la contentezza. La folla stava applaudendo. Guardai il replay sul maxischermo e mi venne offerta la vista di Max che abbatteva un difensore dei Flyers mandandolo a sbattere sui pannelli fino alla panchina dei Railers. Un colpo del tutto pulito, ma brutale e chiaramente mirato a mandare un messaggio. Sorrisi al replay e alla scintilla negli occhi di Max. Già, ultimamente Dio ci stava di sicuro sorridendo.

Capitolo 6

MAX

Vincere le successive tre partite significò che i Flyers erano fuori dalla corsa e che noi eravamo passati alla fase successiva. Consolai Lola con qualche colpetto sulla spalla quando la vidi dopo la partita. Sembrava devastata, e all'apparenza non servivano a nulla nemmeno le rassicurazioni di Ten sul fatto che i Flyers fossero "davvero una buona squadra". Mi ricordavo come ci si sentisse quando si amava una squadra appassionatamente e la si vedeva perdere.

Non sapevamo con certezza chi avremmo affrontato a quel punto – alle altre due squadre del nostro girone mancava ancora una partita – ma in qualche modo speravo che fosse il Washington. Più che altro perché avrei potuto procurare i biglietti per una partita in cui Ben potesse vedere la squadra che amava. Ovviamente, non volevo sul serio finire a giocare contro di loro dal punto di vista dell'hockey: erano una squadra difficile da battere. Non avevo bisogno di leggere sintesi di esperti per sapere che, nonostante li avessimo superati nel totale dei punti, ultimamente erano stati forti, e in uno scontro diretto i Railers sarebbero stati sfavoriti.

Tuttavia, c'era anche una piccola parte di me che voleva dimostrare a Ben di che stoffa ero fatto e che me la cavavo abbastanza bene da giocare in una squadra che poteva battere quella che lui amava.

Quanto era ridicolo quel pensiero? Machismo al suo peggio.

Perché sentivo di dover fare colpo su Ben? Eravamo riusciti a vederci solo un'altra volta e all'inizio era andato tutto bene. Il sesso era stato esplosivo, sconvolgente. Quando ci eravamo stesi sul letto, eravamo a tanto così dall'addormentarci abbracciati, sarei pronto a scommetterci. Purtroppo il suo telefono aveva squillato. Qualcuno aveva lanciato un mattone contro una finestra del rifugio, e lui era dovuto andare perché Diana era a un corso di addestramento e non poteva occuparsene nessun altro.

'Fanculo.

Eravamo stati a tanto così.

Amavo le coccole. Non gli abbracci che si ricevono quando la tua squadra fa un punto, quelle rapide strette fraterne che ti bagnano la faccia di sudore e ghiaccio, ma abbracci veri. Non erano in molti quelli che mi abbracciavano, d'altronde ero piuttosto intimidatorio.

Spaventavo persino mia madre. O almeno così credevo.

La mia mamma dell'associazione genitori e insegnanti, che amava i saggi di danza delle mie due sorelle, organizzava festicciole per le femminucce e aveva un sacco di oggetti rosa in casa. Per dirla con parole semplici, non aveva mai saputo che farsene di quel figlio grosso e cattivo. Se ci fosse stato un padre forse sarebbe stato diverso, ma il mio se n'era andato quando ero piccolo ed era morto tre anni prima in un incidente sul lavoro.

La mamma mi appoggiava riguardo all'hockey, ma non lo capiva del tutto. Amava il fatto che guadagnassi tanti soldi, che mi fossi fatto un nome, ma odiava l'idea che per vivere dovessi picchiare altre squadre. Ai suoi occhi ero un ammasso di contraddizioni.

Era venuta a vedere la mia ultima partita insieme alle mie sorelle ed era stata contenta di incontrami, ma non mi aveva abbracciato.

Non aveva abbracciato nemmeno Ben, che avevo presentato come amico, con tanta enfasi sulla parola *amico*.

Quella era un'altra cosa che a mia madre non piaceva tanto. Non aveva mai fatto scenate quando avevo scelto di portare a casa un ragazzo, ma vedevo la confusione nei suoi occhi ogni volta che succedeva. Adorava la mia ragazza delle scuole medie, Jenna. E Abby, con cui ero uscito dopo la selezione. Tuttavia, non era andata d'accordo con Dan, o Eric. Non c'erano possibilità che potesse legare con Ben.

Non solo, ma non sapeva nulla neanche della mia cosa al cervello. A che pro? Avrebbe iniziato a dirmi che era tutta colpa dell'hockey anche se non era così. Ci ero nato, perciò anche se non era ereditaria, avrei potuto comunque puntare il dito su mia madre e dirle che era colpa sua o di papà.

Anche se non lo era, e anche se non avrei mai detto una cosa del genere.

Potevo anche non andare d'accordo con mia madre, ma era pur sempre la mia famiglia.

Dunque sì, per quel che riguardava i rapporti famigliari ero un gran bel casino, e la notte prima avevo desiderato uno stramaledetto abbraccio.

Mandai un messaggio rapido a Ben chiedendogli se stesse bene e notizie del rifugio, poi un altro al venditore della SecureGuard che mi aveva assicurato che il suo cazzo di sistema avrebbe posto fine a tutta quella merda microcriminale.

Mi richiamò immediatamente, tutto contrito, per spiegare che sarebbero usciti appena possibile per ampliare il qualcosa del qualunque roba fosse. A essere sincero, smisi di ascoltare dopo che promisero di sviluppare il sistema e proteggere il rifugio. Terminai la conversazione ricordandogli con delicatezza che ero un donatore anonimo e attesi la conferma che sarei rimasto tale.

Poi tornai a concentrarmi su quella giornata, preparando i bagagli per una trasferta di due partite a Washington. Sull'aereo finii accanto a Adler, che teneva il berretto abbassato sulla faccia e sembrava addormentato. A quanto pareva, il nostro addetto al marketing lo aveva tenuto alzato sotto più di un punto di vista.

«Non ti fa bene,» osservai opportunamente quando vidi che mi sbirciava mentre mi allacciavo la cintura.

«Cosa?» sbadigliò a bocca spalancata.

«I rapporti sessuali la notte prima di una partita importante.»

«A dire la verità non sono riuscito a dormire: ho avuto una marea di incubi con alcuni pinguini arancione vivo che mi beccavano gli occhi.» Ebbe un brivido. «E diamine, hai appena usato l'espressione "rapporti sessuali"?» Sogghignò, e io gli spostai il berretto.

«Mettiti un po' a dormire, coglione,» aggiunsi con l'autorità che mi dava il fatto di essere più vecchio e più saggio di Adler Lockhart.

«Sei solo invidioso di me e Layton,» mormorò, riaccomodandosi nel suo sedile.

Invidioso? Di cosa avrei dovuto essere invidioso? Già, Adler e Layton erano presissimi l'uno dall'altro, ma neppure io ero a bocca asciutta.

Avevo Ben, in un certo senso.

Ben, che era, *avrebbe potuto essere* più di una sveltina, ma ovviamente molto meno di un fidanzato. Un amico con i benefit, laddove i benefit erano limitati alle scopate.

Purtroppo non includevano le coccole post-scopata.

«Guarda!» Stan incombeva su di me e mi gettò qualcosa in faccia. All'improvviso mi ritrovai il grembo pieno di disegni. «Aiuta me a scegliere,» ordinò.

Capii che con Stan non si discuteva. Non perché intimidisse, ma perché una volta che ti eri avventurato nella tana del bianconiglio dei suoi discorsi, ti ritrovavi con dieci minuti della tua vita che non avresti mai più riavuto indietro.

Guardai gli schizzi, chiaramente il modello di un casco, ed erano splendidi. Recavano il logo dei Railers: la vecchia locomotiva con gli sbuffi di vapore che le si arrotolavano attorno ai fianchi, e un incrocio di ferro e acciaio. C'era anche la neve e altre cose che immaginai essere russe.

«Scegli,» disse.

«Vuoi che ne scelga uno?» Non ero sicuro di come mi fossi meritato quel diritto, e avrei voluto che Adler uscisse da sotto il suo berretto.

«Tutto l'aereo sceglie uno,» spiegò Stan.

Grazie a Dio. Non ero sicuro di poter gestire la responsabilità di prendere una decisione monumentale sul modello di un casco da portiere. Li riguardai e notai che il foglio recava il logo del disegnatore, lo stesso tizio da cui sapevo che andavano i miei compagni Railers per farsi fare i disegni dei tatuaggi. Gatlin Pearce. La sua roba era piuttosto figa, e mi appuntai mentalmente il nome per contattarlo in merito a qualche mia idea di tatuaggio.

«Voto per questo,» dissi, e tirai fuori il più vivace dei tre disegni.

«Buono per finale,» disse. Prese il foglio e guardò Adler accigliato. Stava prendendo in considerazione l'idea di svegliarlo, ma io scossi impercettibilmente il capo.

In effetti ero proprio felice che Adler dormisse – perché per me significava silenzio – e Stan proseguì verso Ten, seduto di fronte a me.

Il mio cellulare vibrò e lo controllai velocemente.

Tutto okay, scriveva Ben. *Danni minimi e i cani stanno*

bene. L'addetto alla sicurezza è qui per un controllo, il che è una fortuna.

Premetti rispondi, poi soppesai la risposta giusta.

Okay.

Era un buon inizio. Aggiunsi una faccina sorridente, poi la cancellai. Quella era più una situazione da pollice levato e, quanto a pollici, i miei erano fin troppo grossi per quei tasti maledettamente minuscoli. Dio solo sapeva come avessi fatto a non lanciare quell'aggeggio fuori da una finestra prima di allora. Mi ci voleva un'infinità di tempo per scrivere. Ecco perché gli emoticon erano una gran cosa. Aggiunsi i pollici levati, poi riflettei su come esprimere a parole il desiderio che quella mattina fossimo riusciti a stare un po' insieme abbracciati.

Gesù, se una squadra avversaria avesse potuto vedermi in quel momento, addio all'effetto paura del grosso difensore cattivo dei Railers. Si sarebbero messi tutti a ridere.

«Il difensore vuole una coccola.»

«Guardalo, il povero Maxy Mollichino vuole un abbraccino.»

Potevo sentirli canticchiare e sentii di arrossire per l'imbarazzo al pensiero che qualcuno vedesse nel profondo della mia anima. Terminai il messaggio con un generico *a presto* e spensi il telefono prima di poter pensare al genere di merda che avrei potuto beccarmi se qualcuno avesse scoperto il mio lato tenero.

Il volo fu breve, l'albergo era magnifico, la vista sulla città degna di una foto. Che non mandai a nessuno, né condivisi con qualcuno. Proprio come non capiva del tutto la mia sessualità, sicuro come la morte che mia madre non fosse interessata a sapere in che città mi trovassi. Lo stesso valeva per le mie sorelle.

Pazienza, ormai ci avevo fatto il callo.

Però a Ben potevo mandarla, vero?

Mandare la foto di una città a un uomo che è una scopata occasionale? Già, come no.

C on il Washington ne perdemmo una e ne vincemmo un'altra. Dio solo sa come facemmo a vincere qualcosa visto che in entrambe le partite ci fu una penalità dopo l'altra per entrambe le squadre. Solo la presenza di Stan in rete ci assicurò il vantaggio e ci portammo a casa quella vittoria, conducendo il girone con tre vittorie contro una per loro.

Sull'aereo diretto verso casa l'umore era euforico. Se fossimo riusciti a vincere le partite successive, avremmo potuto scalciare il Washington fuori dalla corsa al titolo. Bastò quel pensiero a farci passare la maggior parte del volo in piedi a sparare cazzate e fare così tanto chiasso che fu un miracolo se il comandante non uscì a dirci di stare zitti.

Solo quando fummo vicini a casa, ci calmammo. Avremmo incontrato la stessa squadra due giorni dopo sulla nostra pista.

Mi presi il tempo per rileggere il messaggio che avevo ricevuto da Ben, con data e ora immediatamente successive alla vittoria della seconda partita.

Congratulazioni, solo quello. In un certo senso avrei voluto di più, ma mi accontentai di tenere stretta quell'unica parola.

Quando sbarcammo, battei il pugno con i miei compagni di squadra, abbracciai la divertita hostess, risi, sogghignai ed entrai nel taxi che avevo prenotato con un unico pensiero in testa. Vedere Ben.

Lui aprì la porta di casa sua nascondendo uno sbadiglio dietro la mano, adorabilmente spettinato e caldo di letto. Entrai, chiusi la porta e lo attirai tra le mie braccia.

Ben cedette volentieri, morbido e assonnato, e io lo strinsi talmente a lungo da essere consapevole che avrebbe voluto sapere che diavolo stesse succedendo.

«Ne hai vinta una,» mormorò con la bocca contro la mia gola.

«Sì.»

«Ma mi stai abbracciando forte.»

«Uh-huh.»

«Che c'è che non va?»

«Nulla.» Lo strinsi ancora più forte e adorai il fatto che me lo permettesse. «Avevo bisogno di un abbraccio.»

Rise, un suono dolce che sentii scorrergli lungo tutto il corpo. «Felice di esserti di aiuto, allora.»

Ci limitammo a quello, troppo stanchi per il sesso e contenti di scivolare dentro al letto morbido di Ben e addormentarci l'uno tra le braccia dell'altro.

Era la stata miglior vittoria degli ultimi tempi, perché ottenere quell'abbraccio mi diede più soddisfazione che battere il Washington.

. . .

Cosa mi svegliò non lo so per certo. Forse i movimenti di Ben, o il suono del suo cellulare, o forse l'urgenza del suo tono di voce. Tutto ciò che sapevo era che non si trovava tra le mie braccia, e quando mi concentrai su di lui nella semioscurità, si stava vestendo.

«Che ore sono?» Cercai di mettere a fuoco il mio orologio per vedere l'ora.

«Le quattro,» rispose, brusco, impaurito, e mi svegliai all'istante.

«Che c'è?» Mi drizzai a sedere nel letto e tirai via le coperte, vestendomi veloce quanto lui.

«Un'effrazione al rifugio. Ci sono i poliziotti e lo hanno preso. Vado in macchina,» aggiunse, e non avevo intenzione di mettermi a discutere visto che non avevo l'auto lì e in realtà neanche guidavo più.

Lo seguii fuori casa e nel giro di dieci minuti raggiungemmo il rifugio illuminato dai lampeggianti e due poliziotti. Ero pronto a scendere dalla Jeep e affrontare chiunque stesse dando fastidio a Ben, ma non potevo. Non potevo picchiare qualcuno fuori dalla pista di pattinaggio. Dovevo mantenere il sangue freddo.

«Non sono stato io!» gridò una voce. Un ragazzino avvolto in un giaccone sollevò lo sguardo sui due poliziotti che lo fissavano. Stava visibilmente tremando, nonostante la giacca, e sapevo come si sentisse: faceva un freddo cane lì fuori.

«Merda,» imprecò Ben, e si mise a correre verso i poliziotti.

«Va tutto bene, va tutto bene,» disse, inserendosi tra i due agenti e il ragazzo.

«Signore, è partita la sirena e al nostro arrivo abbiamo trovato questo giovanotto e questi.» Il primo poliziotto sollevò quello che sembrava un coltellino tascabile, e quando la luce del lampione colpì il metallo, la mia arrabbiatura montò. Era arrivato il mio turno di intromettermi.

«Ma che cazzo?» dissi dritto in faccia al ragazzino, che indietreggiò inciampando, e Ben dovette afferrarlo e impedirgli di cadere.

«Max, lascia stare,» disse, e il suo tono non lasciava spazio alla discussione o al dissenso.

«DK? Che hai combinato?» chiese Ben con le mani sulle braccia ossute del ragazzino.

«Avevi detto che se avessi avuto bisogno di te sarei potuto venire, e ho provato la chiave del cancello, ma non funzionava, perciò ho cercato di forzare la serratura. Ho freddo, Ben, e avevo bisogno di te.»

Ascoltai il ragazzo, questo DK, che sembrava conoscere Ben. Che *aveva bisogno* di lui.

Ben si voltò in modo da avere DK dietro di sé e i poliziotti di fronte. «Mi spiace di avervi fatto perdere tempo, agenti. DK è mio nipote.»

Suo nipote? Immagino che questo spieghi perché non mi è stato consentito di prenderlo a pugni.

«Abbiamo bisogno di una dichiarazione,» disse il secondo poliziotto, mentre il primo sospirava rumorosamente.

«Domani, okay?» Ben aspettò. Alle sue spalle il ragazzino stava tremando, e io non sapevo che accidenti fare.

I poliziotti parlottarono tra loro, fecero rientrare

l'intervento con una sfilza di codici e, saliti in auto, se ne andarono.

Al che restammo io, Ben e DK a guardarci in piedi davanti al cancello.

«Caffè,» disse Ben mentre inseriva il codice di accesso sulla nuova tastiera di sicurezza e poi entrava. Appena la porta si richiuse dietro di noi, ogni spavalderia abbandonò il ragazzino, che sprofondò sulla sedia più vicino.

«Ora dimmi, DK,» disse Ben e si accovacciò davanti a lui. Io mi scostai un po' e andai a riempire la caffettiera, per tutto il tempo con l'orecchio teso a ciò che veniva detto.

«Papà è impazzito,» mormorò DK.

«In che senso impazzito?» chiese Ben.

«Era... Stava...» DK si interruppe e si strofinò gli occhi, come se stesse cercando di asciugarsi le lacrime.

«Ognuno di noi soffre in modo diverso,» sentii che diceva Ben.

«Non parlo della sofferenza, zio Ben. Ma ha perso il lavoro, non ha soldi, e se solo sentissi quella maledetta merda che mi urla addosso. Poi lui...»

Ben gli posò una mano sul ginocchio. «Coraggio, DK, raccontami cosa è successo.»

A quel punto il ragazzo guardò dritto verso di me ricordandomi che non era educato fissare le persone, così cercai di tenermi impegnato con tazze e caffè, ma non prima che DK mostrasse qualcosa a Ben e lui aumentasse le luci. Non prima di aver notato i segni.

Uno porpora acceso sul collo, un principio di viola sul braccio, striature cremisi sul polso.

Sentii Ben imprecare inorridito, e io dovetti trattenere fisicamente la mia rabbia. Picchiare un bambino?

Ma che cazzo?

«Non ci torno là,» sbottò DK. «Non puoi costringermi. Ormai ho diciotto anni e scelgo di stare con te.»

Ben mi lanciò un'occhiata e aveva uno sguardo combattuto. Volevo che dicesse che per il ragazzino sarebbe andato tutto bene, che gli offrisse un posto in cui stare. Volevo che l'uomo che salvava i cani mostrasse la stessa compassione per suo nipote. Ne avevo bisogno tanto quanto avevo avuto bisogno di un abbraccio, per vedere la purezza in qualcuno che era l'opposto di me.

«Okay,» disse Ben e si alzò. Tese una mano e tirò in piedi DK per abbracciarlo. «Ma si fanno le cose con trasparenza. Devo parlare con tuo padre.»

DK aprì la bocca, poi scrollò le spalle, e in quel gesto lessi tutta la sua rassegnazione. Forse allontanava tutto nella vita con una scrollata spalle.

«Papà non ci può fare niente. Non può farmi tornare a casa.»

«Lo so,» mormorò Ben.

Poi le lacrime di DK esplosero, e il ragazzo si aggrappò a Ben. «Perché zio Liam è dovuto morire?» singhiozzò.

Rimasi gelato a guardare Ben che stringeva a sé il nipote. Avrei giurato di vedere anche il suo viso bagnato, ma con quella luce non potevo esserne sicuro.

Perché un vedovo non piange con la famiglia di suo marito?

Ero un guardone. Il genere peggiore di guardone:

quello che osserva il dolore vero, lo capisce, ma non sa come gestirlo. Allineai le tazze di caffè sul tavolo, poi presi la mia e lasciai la stanza, seguendo il corridoio fino all'area in cui sapevo si trovassero i cuccioli.

E mentre ero lì, in piedi, davanti a quei mucchietti di pelo accoccolati uno accanto all'altro, cercai un modo per dare a Ben un po' di pace, comprensione o, diavolo, persino empatia in quella situazione.

Come diavolo aveva fatto quella *cosa* senza complicazioni tra noi a trasformarsi in un groviglio di bisogno e sofferenza?

Non era il momento di pensarci, tuttavia. Avevo già abbastanza dolore mio nascosto dietro un muro nella mia testa, e non avevo nessuna intenzione di tirarlo fuori per esaminarlo nell'immediato futuro.

«Porto DK a casa,» disse Ben alle mie spalle. Vedevo il suo riflesso nel vetro, stava lì, fermo, senza avvicinarsi.

«Dunque è il nipote di tuo…» Lasciai la frase in sospeso, in attesa che Ben elaborasse il pensiero, anche se non mi ero esattamente guadagnato il diritto di sapere tutto.

«Sì, il nipote di marito Liam. Suo fratello ha tre figli. DK è il più piccolo e ha dovuto sorbirsi la disapprovazione della famiglia sin da quando ci siamo sposati. Poi, quando Liam ha modificato il testamento e ha lasciato tutto a me, l'avversione nei miei confronti si è trasformata in odio. Diamine, suo padre non sopportava neanche che venisse a trovarci, nonostante nei fine settimana lavorasse qui part-time.»

«Ma adesso gli permetti di restare con te.» Avevo

bisogno di sapere se fosse reale, per il ragazzo con le lacrime e i lividi.

Avevo ferito persone in modo peggiore dei segni che avevo visto sulla pelle di DK, ma mai fuori della pista. Mai per un'arrabbiatura talmente grande da poter fare male a un bambino, o al mio stesso figlio. Detestai il dubbio che si era insinuato nella mia voce riguardo a ciò che Ben avrebbe fatto, e compresi che le mie parole gli avevano fatto male dal modo in cui si irrigidì.

«Da me avrà sempre un posto.» Parlò con un tono rapido e compresi di aver mandato tutto a puttane.

«Non intendevo nulla di sottinteso. Ti conosco.»

Si voltò per andarsene, ma giurerei di averlo sentito mormorare che non lo conoscevo affatto.

Magnifico, ora ero io a sentirmi ferito. Lo raggiunsi e lo afferrai per la manica, tirandolo per fermarlo, poi lo baciai, in modo dolce e insistente, finché, con un sospiro, mi avvolse le braccia intorno al collo.

«Non c'è bisogno che ti preoccupi,» disse con gli occhi scuri traboccanti di emozione.

«Prima non succedeva,» ammisi. Dopotutto, l'onestà era uno dei miei punti forti. «Ma c'è un giovane vulnerabile e, diamine, rendi maledettamente difficile per me andarmene e fregarmene.»

Mi posò la testa sulla spalla, e sentii di nuovo quel sospiro, quasi il peso del mondo gravasse su di lui, massiccio. Ero grande e grosso e avevo spazio a sufficienza sulle spalle per togliergli un po' di quella preoccupazione. Era la mia specialità. Proteggere e fare il muro di mattoni.

«Vuoi preoccuparti? Dopo… cosa? Un paio di sveltine?»

Tentai la carta della leggerezza nella mia risposta. «Non ho nulla da fare oltre all'hockey.»

«Sei un idiota.»

Allora mi diedi qualche colpetto sul capo. «Sono stato colpito in testa troppe volte.»

Stavo scherzando. Era quello che avrebbe detto qualunque giocatore di hockey.

Ma la verità dell'affermazione era acido dentro di me.

Feci ciò che mi riusciva meglio. Ignorai il groviglio di vasi sanguigni nel mio cervello e andai avanti.

Capitolo 7

BEN

Ospitare DK mi stava rendendo un fascio di nervi. Gli volevo bene, come ne volevo ai suoi fratelli, ma sapere che suo padre, Rolf, sarebbe potuto piombare a casa mia da un momento all'altro, ribollendo di vetriolo, mi metteva in apprensione. Non aveva mai approvato il mio matrimonio con Liam. Aveva boicottato le nozze e si era portato dietro metà della famiglia. Ovviamente, si era presentato al piccolo ricevimento con open bar e aveva seminato il caos con i suoi pregiudizi. Avrei voluto che se ne andasse, ma la tristezza negli occhi di Liam mi aveva spinto a tenere a freno la lingua.

Sentivo di odiarlo, ma siccome l'odio era un sentimento che mi era estraneo, non sapevo da dove scaturisse.

Per lo più, però, mi terrorizzava.

Oltre a questo c'erano gli atti vandalici, e avevo dato istruzioni al personale affinché nessuno restasse mai da solo. Controllavamo due volte tutte le serrature prima di andare via la sera.

Casa era... be', casa era un nido di porcospini.

Glenna e Carol avevano dovuto essere informate della situazione perché Rolf sapeva dove vivevamo.

Le mie prozie erano uscite di testa quando avevano visto i lividi sulla pelle pallida di DK. C'erano voluti tutti i miei poteri di persuasione per impedire loro di chiamare la polizia. Tanto per cominciare, era improbabile che i poliziotti mandassero una pattuglia a sorvegliare casa nostra e proteggerci. Questa cosa funzionava forse solo nei programmi televisivi e in quartieri ben più benestanti del nostro. In secondo luogo, DK – o David Kenneth come a Liam piaceva scherzosamente chiamarlo dal momento che il ragazzo sembrava odiare il suo nome – era legalmente un adulto. Di sicuro avrebbe potuto sporgere denuncia per aggressione, ma rifiutava di farlo. Sarebbe stata la sua parola contro quella di Rolf, e chi avrebbe creduto a un ragazzino con qualche nota sulla fedina penale? Stupidaggini. Roba da adolescenti. Per lo più graffiti su qualche rudere. Il furto di una barretta dal negozio all'angolo. Le stesse cose che fa un qualunque ragazzino dei bassifondi – e fidatevi, avrebbe potuto fare di *molto* peggio – ma DK sembrava incapace di non farsi beccare.

Quando Max mi offrì di assistere alla quinta partita contro il Washington, esitai.

«Max, lo apprezzo molto,» dissi fissando i biglietti che mi aveva appena messo in mano, proprio in mezzo al mio ufficio.

«Ma?»

«Ma non sono sicuro che dovrei andare via da casa. E se Rolf si presenta?»

Max mi scrutò attentamente. «Ben, non puoi nascondere il ragazzino in casa per sempre. E in tutta onestà, hai tutta l'aria di una merda spiaccicata.»

«Grazie.» Mi accigliai, poi mi passai una mano sul viso. «Mi sento una merda spiaccicata.»

Non dormivo da quando era arrivato DK, e il mio stomaco era incasinato dall'acidità. Non reggevo bene lo stress.

«Vieni alla partita. Porta DK. Hai bisogno di staccare la spina.» Mi avvolse la nuca con la sua mano enorme e cominciò a massaggiarla, attirandomi più vicino a sé. Lo lasciai fare perché avevo davvero bisogno di una sfregatina al collo e della sensazione delle sue braccia che mi stringevano. Max stava lentamente diventando un punto fermo nella mia vita: quella cosa che cerchi al risveglio, o che allunghi la mano per trovare di notte. Non avevamo ancora mai neanche avuto un vero appuntamento né dormito insieme. Però lo desideravo. Forse era arrivato il momento di smettere di aspettare ciò che volevo. Dio solo sa quanto la vita possa essere breve. Orribilmente breve, a volte. Abbassai lentamente le palpebre mentre con le dita mi massaggiava i muscoli tesi del collo e lasciai scivolare fuori le parole.

«Scommetto che il Washington vince.»

Max fece una risatina sommessa. «Che genere di scommessa hai in mente?»

«Se vincono, torni a casa con me dopo la partita e passi la notte qui.»

Il massaggio al collo si bloccò. E anche il mio respiro.

«Ehi, ho bisogno che mi guardi.» Aprii gli occhi e mi

ritrovai a fissare quello sguardo marrone dorato che ardeva di emozione. «Davvero lo vuoi?»

«Sì.»

«Posso passare la notte qui se vinciamo?»

Alla partita precedente i Railers avevano asfaltato la mia squadra. Cioè, li avevano arrostiti come se fossero cosce di pollo scadenti su una fiamma viva.

«Lo vuoi?»

«Sì, lo voglio.»

Inspirai a fondo per non svenire. «Okay, allora. Ti procuro uno spazzolino e lo metto accanto al mio.»

Max mi baciò talmente forte e a lungo, che la cosa dello svenimento tornò a essere una preoccupazione.

Io e DK eravamo spiaccicati tra due dei più grossi fan dei Railers cui Dio avesse mai dato il dono della vita. Sembravano due armadi ed erano idrofobi. Mettevano orgogliosamente in mostra i visi colorati con lo stesso azzurro delle maglie dei Railers e il torso nudo decorato da una locomotiva a vapore che sembrava disegnata con un pennarello. Come se non bastasse, erano pure ubriachi. E non intendo alticci, ma proprio ubriachi fradici. DK trovava buffissimo che la sola persona in tutta l'East River Arena a tifare per il Washington fosse strizzata tra due omaccioni.

Ogni volta che il Washington faceva qualche buon tiro – e succedeva abbastanza spesso – esultavo e mi beccavo immediatamente occhiate in cagnesco. Non era stato ancora detto nulla di offensivo, ma era solo questione di tempo, ne ero certo. Ciononostante, non avevo intenzione di lasciarmi intimorire davanti a DK, perciò mantenni la mia posizione con quanto più coraggio possibile.

«Cavolo, sembrano tutta un'altra squadra,» gridò DK dopo che il nostro grosso attaccante russo aveva fatto fuori Tennant Rowe. E intendo proprio *fatto fuori*. Una spallata netta che aveva centrato Rowe in pieno petto mentre stava facendo scivolare il dischetto lungo il bordo del campo. L'enfant prodige era finito a terra urtando con violenza la spalla contro i cartelloni. Mentre era disteso sul ghiaccio, stordito e, a giudicare dal viso, in preda a un dolore intenso, la mia squadra rubò il dischetto e corse verso il portiere dei Railers. Poi, un tiro dalla posizione più avanzata del nostro asso oltrepassò la spalla di Stan e scosse la rete. Non appena la luce rossa si accese, balzai in piedi.

Mr. Montagna alla mia destra si chinò a fissarmi, schiacciando il naso contro il mio.

«Meglio se torni a casa… piccoletto.» Aveva un fiato orrendo. Un misto vomitevole di birra stantia e formaggio fuso.

DK scattò a sua volta in piedi. «È tutto a posto. Esce con Max van Hellren.»

Bene, segreto spifferato. Appena ebbe finito di pronunciare l'ultima parola, DK sbiancò sopraffatto dal peso di quello che si era appena fatto scappare.

Interessante. Ebbi un flash dell'imminente pestaggio che stavo per ricevere perché ero nero, gay e tifoso dei Washington.

L'uomo dal viso dipinto che mi stava respirando in faccia mi fissò per qualche secondo senza capire. Strinsi il pugno. Avrebbero anche potuto battermi come un tappeto, ma avevo in mente di tirare almeno un pugno prima di farmi stendere.

Mai in un milione di anni mi sarei aspettato che la bestia mi sollevasse in un abbraccio triturante da orso e mi baciasse dritto sulle labbra.

Quando i miei piedi tornarono sul freddo cemento, barcollai addosso a DK, con gli occhi sbarrati.

«Io e mio marito adoriamo Hellren!» Diede qualche pacca sulla testa del piccoletto alla sua sinistra, che sorrise e agitò la mano da dietro al corpulento tifoso dalla faccia azzurra.

«Oh. Be', figo, allora!» Con un sorrisetto gli feci pollice alzato, poi mi sedetti e feci del mio meglio per non farmi baciare da nessun altro per il resto della partita. Ci arrivai a tanto così più tardi, quando Tennant Rowe effettuò una manovra straordinaria proprio alla nostra linea di zona. Riuscì a sollevare il bastone di uno dei nostri difensori e poi, con uno dei suoi movimenti rapidi come il vento, gli scivolò intorno, raccolse il dischetto e corse verso il nostro portiere. Tirò un colpo feroce che in qualche modo attraversò i dieci centimetri di spazio tra il bastone del nostro portiere e l'estremità della porta. Grazie a Dio, Mr. Montagna si limitò a tirarmi una pacca sulla schiena quando Rowe segnò.

Quel gol diede nuova energia ai Railers, ma non riuscirono a segnare l'ulteriore goal necessario per pareggiare la partita. Il Washington vinse e la prossima sarebbe stata a casa loro.

«Di' a Hellren che lo amo,» gridò Mr. Montagna

mentre io e DK ci infilavamo tra la folla in uscita dallo stadio.

«Senz'altro,» gli risposi voltando appena il capo.

Era una bellissima serata. Calda e limpida, con poca umidità. Io e DK ci attardammo nei pressi della porta da cui sarebbe uscita la squadra, a parlare con i tifosi mentre aspettavamo l'arrivo dei giocatori.

Max venne fuori indossando un abito grigio che abbracciava perfettamente le sue spalle ampie e le cosce muscolose. Stava parlando con Stan quando ci vide. Le labbra gli si incurvarono in un sorriso. Fui investito da un impeto di affetto quando lo vidi muoversi tra i tifosi per firmare cappellini e programmi. Era davvero un brav'uomo. E io gli stavo cadendo ai piedi più in fretta di quanto avrei dovuto, lo sapevo. Eppure lo desideravo lo stesso, nonostante il timore di quella consapevolezza.

«Ciao, Benton Uomo dei Cani!» Stan mi calò una mano sulla spalla. Nascosi la smorfia dietro un sorriso. «Cerco ancora buon cane. Grosso. Denti lunghi e occhi come fuoco. Hai cane così?»

«Ah, no, mi dispiace. Niente cani con gli occhi rossi, ma ti chiamo appena me ne arriva uno.»

«*Da*. Bene. E quando chiami, parla solo a me. Non parla con Erik. Lui vuole cane amichevole con coda arricciata. Puah. Io dico cattivi non spaventati di cane felice. Uomini cattivi paura di cane lupo. Tu hai cane lupo in rifugio?»

«No, neanche quelli. Ho qualche bel meticcio di labrador. Posso farne portare uno da un volontario per la prossima presentazione durante gli intervalli.»

Stan ci rifletté mentre Max mi si avvicinava, sfiorandomi le dita con le sue.

«Okay, sì, meticcio di labrador è okay bene finché arriva cane lupo con denti lunghi.» Annuì, arruffò i capelli a DK e si allontanò per cercare Erik che lo aspettava accanto alle auto dei giocatori.

«Sarebbe strano se baciassi la sola persona a Harrisburg che indossa una maglietta del Washington?» chiese piano mentre ci avviavamo alla nostra auto, parcheggiata sul piazzale antistante come il resto dei comuni mortali.

«Non ne sono sicuro. Penso che tanto ormai si sappia già di noi grazie a qualcuno che è meglio resti anonimo,» dissi con un tono scherzoso mentre rivolgevo a DK un'occhiata esageratamente cupa.

«Mi dispiace, zio Ben, pensavo davvero che quel tizio ti avrebbe spappolato come un budino.»

Gli gettai un braccio intorno al collo e lo tirai al mio fianco.

«Ah be', non che due che si baciano in questa squadra sia una novità,» affermò Max, poi aprì lo sportello della mia auto. «Ci vediamo da te tra circa mezz'ora. Ho bisogno di fare una scappata a casa a prendere un po' di roba.»

«Ottimo.» Rubai un rapido bacio, poi scivolai dietro lo sterzo. Max batté sul tettuccio e indietreggiò mentre facevamo retromarcia.

Io e DK ci scambiammo un'occhiata e lui mi sorrise.

«Oh, mi sono dimenticato di dirti che vado a dormire da Skipper,» disse, senza tradire che stava mentendo per lasciare spazio a me e a Max.

«Ah sì?» Mi venne il sospetto che stesse inventando, ma finsi di bermela. «Allora vuoi che ti lasci a casa sua?»

«Sì, okay, ottimo.» Non alzò mai lo sguardo dai messaggi che stava inviando. Forse a Skipper per informarlo che stava per presentarsi a casa sua.

Percorremmo il tragitto fino all'elegante quartiere da media borghesia di DK, e seguii le sue indicazioni fino a casa di Skipper.

«Hai bisogno che ti venga a prendere domani?» chiesi quando si accese la luce sul portico della casa davanti alla quale avevamo parcheggiato. Un ragazzino allampanato uscì sul portico e salutò con la mano.

«Naa, mi faccio dare un passaggio da Skipper. Passa una bella serata, zio Ben.»

Corse dal suo amico, si scambiarono i pugnetti, poi entrarono. La luce si spense, e io corsi a casa, ansioso di arrivare prima di Max e magari organizzare qualcosa di romantico. O per lo meno cambiare le lenzuola.

Non arrivai mai a cambiare le lenzuola. Max mi stava già aspettando quando arrivai. Stavo parcheggiando quando mia zia Glenna uscì dalla sua villetta a schiera, si sedette dietro lo sterzo della sua vecchia Lincoln e partì in una nube di fumo.

«Sbrigati a parcheggiare, Benton!» urlò zia Carol. «Hai un amico in visita per la notte.»

«Signore mio, dammi la forza,» pregai mentre il suo grido risuonava nella strada e attraverso tutte le finestre aperte.

«Scusa. Pensavo di essere stato discreto,» disse Max quando mi avvicinai lentamente a lui. Teneva il borsone in spalla. «Ho persino chiesto al tassista di abbassare i fari per non allarmare nessuno.»

«Hanno l'udito fino come i cani,» borbottai prima che zia Carol arrivasse a dare una controllata a Max. «Perché voi vecchiette non siete a letto?»

«Stiamo organizzando il movimento di resistenza per il fine settimana. Hmm, hmm, è ben piazzato, Benton.» Pizzicò il grosso bicipite di Max e annuì in segno di approvazione. «Mi è sempre piaciuto avere uomini grossi e muscolosi.»

«Carol! Smettila di pizzicare quell'uomo!» gridò zia Glenna mentre ancheggiava lungo il vialetto in vestaglia e ciabatte. «È venuto a pizzicare Benton!»

«Okay, adesso entriamo.» Tirai Max dentro casa e chiusi la porta sui sorrisi sconci delle due vecchiette.

«Le tue zie sono divertenti.» Max gettò il borsone sul divano e io occupai lo spazio tra le sue braccia.

«Oh sì, spassosissime.»

Gli feci scivolare le dita sul viso, godendomi la dolce ruvidezza della barba sui palmi. Non ebbe bisogno di dire nulla. Era la stessa cosa che provavo anch'io. L'ondata di desiderio mista a quella sottile consapevolezza che ciò che fai è giusto. E quella situazione… dava la sensazione di essere *totalmente* giusta.

«Sembra che tu abbia bisogno di baci.» Mi mise le mani sul sedere e mi attirò a sé. «O hai bisogno di qualcos'altro?»

«Esatto. Ho bisogno di baci *e* di qualcos'altro.»

Il bacio fu umida e ardente perfezione. Il qualcos'altro fu anche meglio. Io e Max avevamo questa compatibilità sessuale di prim'ordine. Sembravamo percepire ciò di cui l'altro aveva bisogno o di cui aveva voglia. Salimmo al piano di sopra, con il suo borsone al seguito, e cademmo sul mio letto. Bucky ci girava intorno, piagnucolando agitato per qualche motivo.

«Non gli faccio male,» disse Max al cane.

«Aspetta che lo porti fuori e lo metta nel suo recinto.»

Mi precipitai a fare entrambe le cose, ansioso di tornare da Max. Bucky corse nel suo recinto in soggiorno, lo stesso che aveva da quando era cucciolo. Lo adorava. Lì dentro si sentiva al sicuro. Gli porsi un dolcetto per cani e chiusi la porta, sorridendogli quando si accovacciò dopo una grande carezza.

Tornai di corsa da Max, iniziando già a togliermi la camicia quando, giunto sulla soglia della camera, sentii un russare sommesso.

Era là, spaparanzato sul letto, con la mano sul membro e immerso in un sonno profondo.

Non potevo arrabbiarmi seriamente con lui. Sorridendo, gli posai una leggera coperta estiva sulle gambe e sui fianchi, mi tolsi i boxer e spensi la luce. Era grosso e pesante. Per conquistarmi un po' di spazio in cui dormire ci vollero un po' di colpetti e spintarelle, ma alla fine lo portai dalla sua parte e mi accoccolai dietro di lui. L'aria della notte frusciava tra le tende e le muoveva su di noi, rinfrescando la stanza, e me. Strisciai più vicino per avvolgerlo completamente, e sospirai nel calore che irradiava. Poi il sonno si stese dolce su di me.

. . .

F ui svegliato dal canto sommesso di un pettirosso e dai caldi raggi del sole. Inoltre, ero disteso sotto un uomo che pesava come un silo. Era una situazione simpatica, e soffice, ma altamente scomoda. Eppure, rimasi dov'ero quanto più a lungo possibile, poi mi divincolai per togliermi da lì sotto. Max non si mosse. Non tirò su con il naso e nemmeno borbottò. Dio, se aveva il sonno pesante. Probabilmente a causa di tutti gli anni trascorsi a dormire in camere d'albergo con altri ragazzi che segavano legname.

Sgattaiolai in bagno per fare una doccia e radermi, poi indossai un paio di pantaloni comodi e una canotta. Scesi in cucina ansioso di fare il caffè e preparare la colazione. Considerato che era domenica, avevo la giornata libera. Si sperava. A meno che non si verificassero nuovi arrivi. In una città così grande, era raro non avere un nuovo animale in entrata ogni giorno della settimana. Feci uscire Bucky dal recinto e gli aprii la porta sul retro. Lui si lanciò in cortile. Chiusi la zanzariera e gli lasciai fare i suoi bisogni nel mio piccolo fazzoletto verde.

Le finestre riflettevano il calore del sole mentre mi muovevo nella mia minuscola ma accogliente cucina. Il caffè fu pronto quasi subito, e intanto io mi misi a cercare gli ingredienti per un French Toast. La stanza era invasa dalla musica proveniente dal mio telefono, «Love Machine» dei Miracle, che si impadronì del mio corpo. Con la padella in una mano e la spatola nell'altra, mi lanciai in una serie di mosse strampalate. Ero maledettamente bravo a ballare. Liam lo diceva sempre.

Ruotai, e trovai Max sulla soglia, arruffato e appena uscito dal letto, con le braccia incrociate sul petto.

«Cucino meglio con la musica,» dissi in risposta al suo unico sopracciglio inarcato. «Goditi lo spettacolo.»

Danzai in giro ancora un po', desideroso di sentirlo complimentarsi per i miei movimenti.

«Stai male?» chiese. Mi fermai.

«No, perché?»

Scosse il capo. «Guardi mai *Seinfeld*?»

«Certo.» Abbassai la spatola e la padella da sopra la mia testa. Smisi anche di agitare il sedere.

«Somigli un po' a Elain quando balla.»

Mi cadde la mascella. «Pensi che non sappia ballare?» Ero stupefatto. Liam mi aveva sempre fatto i complimenti per le mie abilità di ballerino. Lui al confronto era talmente pessimo che quasi non aveva mai ballato con me perché avrebbe fatto una figura orrenda. O almeno così diceva.

«Non proprio, no.»

Appoggiai pesantemente la padella sui fornelli. «Io *so* ballare.»

«No, mi spiace, ma no. Insomma, va bene così, perché non so ballare neanch'io.»

Di sicuro si stava rendendo conto che mi stavo arrabbiando. «Io so ballare. Semplicemente non sei abituato a vedere movimenti così fluidi ed espressivi.»

«Se lo dici tu.» Caracollò fino alla porta e lasciò entrare Bucky. Ero troppo sconvolto e ferito per muovermi.

«Io so ballare.»

Si avvicinò, mi prese la spatola di mano e mi avvolse in un enorme e caldo abbraccio.

«No, non sai ballare.» Mi strofinò il naso contro il collo, mordicchiando lungo la giugulare. «Vuoi tornare un po' a letto?»

«Potrei non venire mai più a letto con te,» scherzai. Più o meno.

«E questo sì che sarebbe davvero un peccato.» Mi catturò la bocca, con l'alito fresco di menta, poi mi spinse indietro fino ai fornelli ancora freddi. «Se ti dico che balli meravigliosamente, verrai a letto?»

«Troppo tardi ormai, *Heller*. So cosa pensi davvero.» Gli infilai una mano nei boxer e con il dorso delle dita sfiorai la sua lunghezza.

«Ti mostrerò i tuoi altri talenti.» Oh, abile. Non come me sulla pista da ballo, ma abile. «E potrei anche riempirti il sedere con il mio uccello, se vuoi.»

Oh, sì che lo volevo. Lo volevo eccome.

«Benton! Hai trenta minuti prima della messa. Molla quello che stai facendo e vestiti per andare in chiesa.» Rabbrividii al suono della voce di zia Glenna dietro la zanzariera. Max ebbe un violento sobbalzo. Tirai la mano fuori dalla sua biancheria e imprecai.

«Vieni ad ascoltare l'omelia, Benton. 'giorno, Max. Vieni in chiesa anche tu.» Non era una domanda, bensì un'affermazione.

«Uh, sì, signora.»

«Bravo ragazzo.»

E se ne andò con il suo abito della domenica.

«Devo sbrigarmi.» Sospirai e mi accoccolai contro di lui per un altro bacio, poi dovemmo sbrigarci, prima che una di loro tornasse e mi trovasse con la mano di nuovo attorno al suo cazzo. Avrei chiesto a Dio di perdonarmi per aver palpeggiato il mio uomo di domenica mattina. Ero abbastanza sicuro che lo avrebbe fatto. Dio era un tipo a posto.

Capitolo 8

MAX

Ci serviva solo un'altra partita per passare al turno successivo, ma il Washington non ci stava andando piano con noi. Avevano vinto la quinta partita nel nostro stadio, e adesso eravamo di nuovo a casa loro per la sesta. A metà del match eravamo pari e tutta la squadra stava addosso a Ten come mosche sulla merda. In quel momento ero faccia a faccia con il loro difensore, Vladimir Vleck, un metro e novantacinque di altezza, solido come un muro di mattoni, le mani strette a pugno davanti a sé.

Mi ero già tolto i guanti perché quel coglione aveva sbattuto Ten contro il bordo, di nuovo, per la seconda partita di fila. Il coach voleva che lasciassi perdere, che mi limitassi a coprire Ten, ma il modo in cui avevano dovuto aiutare Ten a lasciare la pista un minuto prima mi aveva fatto incazzare. Non solo: il resto dei Railers aveva cominciato a giocare con cautela, e non potevamo permettercelo.

Quella partita aveva cominciato a ristagnare ed era compito mio agitare le acque.

Aspettai che Vleck facesse la prima mossa. Biascicava qualche stronzata sul mio uccello, o mia madre, ma non mi presi la briga di ascoltarlo. Non si parla durante uno scontro: distrae. Lo vidi lasciar ricadere la spalla una frazione di secondo prima di sferrare il pugno, schivai e mi lanciai in avanti. Lo colpii per due volte e lui barcollò all'indietro afferrandosi alla mia maglietta. Affondai i pattini nel ghiaccio, assecondai la presa e lui iniziò a perdere l'equilibrio. Sentivo già il sapore della vittoria e tirai altri tre pugni, mentre gli altri mi tiravano per la maglia per trascinarmi lontano dal russo che si dimenava sul ghiaccio.

«Vaffanculo,» dissi abbastanza forte perché si sentisse ma non tanto da farmi prendere un richiamo. Toly si mise tra noi, sul viso un sorriso enorme. Mi diede una pacca sulla spalla, poi venne con me e l'arbitro nella panca puniti, e questo fu quanto. Aiutarono Vleck a uscire dalla pista, con il sangue che gli colava sul viso, e a me furono dati cinque minuti di penalità per lite, mentre a Vleck un richiamo per provocazione. Straordinario il modo in cui riuscivo a far apparire le cose agli arbitri quando volevo. Il capitano della squadra mi gridò qualcosa in russo, e Toly scrollò le spalle quando lo guardai.

«Tua madre,» spiegò.

Voltai il viso verso il massiccio russo, che mi fissava con il fuoco negli occhi, poi scrollai le spalle. Avevo fatto la mia parte e la squadra poteva approfittarne per riprendersi.

Ten stava rientrando in pista. Mi passò accanto e annuì: avevo messo fuori gioco il loro difensore più grosso e cattivo e lui mi stava promettendo che avrebbe fatto fruttare quel vantaggio.

Ventitré secondi dopo, con una mossa che avrebbe riempito gli highlights dei playoff e un passaggio preciso del capitano, Ten fece passare il dischetto oltre un portiere sorpreso e decentrato.

Il fuoco della competizione si era riacceso e in un batter d'occhio passammo in testa. Altri due punti e stracciammo gli avversari. Toly fece addirittura un goal a porta vuota in un momento in cui il portiere si era allontanato troppo.

Vincemmo la partita e passammo il turno. Ecco che la nuova squadra di espansione ce l'aveva fatta ad arrivare alla fase successiva della Stanley Cup. Non avevamo giocato in casa, però, e i tifosi del Washington ci stavano fischiando, ma lo avevano fatto per tutta la sera. Vincere nello stadio della squadra avversaria è qualcosa che tutti i giocatori sperano di poter fare almeno una volta nella carriera. Ten si mise a girarmi attorno e scambiai una piccola testata con Stan, che non riusciva a smettere di ghignare come un idiota.

Già. Era tutto bello.

E io sentivo il bisogno di condividerlo con qualcuno. Avevo quasi un bisogno fisico di parlare con Ben, che sapevo aveva visto la partita.

Quella sera saremmo rimasti in albergo a Washington e avremmo preso un volo il mattino seguente. Eravamo tutti su di giri.

Non guardai il telefono. Non volevo che qualcuno

vedesse cosa mi aveva detto, o cosa gli avrei risposto. Volevo la riservatezza assoluta, solo io e le sue parole, per poterle assaporare insieme all'euforia della vittoria. Mi fermai insieme al resto della squadra, incluso Dieter che mi portò le congratulazioni di Lola. Lo ringraziai, poi rimasi ad ascoltare pazientemente mentre mi raccontava come lui e Lola avessero scommesso sul numero di risse in cui sarei finito. A quanto pareva aveva vinto lui, perché Lola aveva immaginato che avrei avuto bisogno di togliermi i guanti almeno tre volte se speravo di avere un qualche effetto sul corso della partita.

Toly voleva raccontarmi che cazzone fosse Vleck, e quanto fosse contento che lo avessi buttato fuori.

Ten batté il pugno con tutte le sue mosse complicate e mi spiegò perché avessi assolutamente bisogno di farmi un tatuaggio dei Pokémon.

Jared si limitò a stringermi la mano e annuire.

Quando tornai nella mia stanza, ero cotto e desideravo solo sapere cosa mi avesse scritto Ben. Appena chiusi la porta, aprii il telefono e vidi soltanto una parola.

Chiamami.

Mi tolsi giacca, cintura, cravatta e pantaloni, e mi sedetti sul letto, digitando il suo numero senza sapere esattamente cosa dire quando Ben rispose al primo squillo.

«'Sti cazzi,» disse imprecando, cosa che non faceva mai. «È stato uno spettacolo,» aggiunse. «Congratulazioni.»

Sapevo che avrei adorato qualunque cosa avesse detto, solo che non sapevo quanto. Non erano tanto le parole, quanto la voce affannata con cui le aveva pronunciate, quasi la partita, o forse io, lo avessero lasciato senza fiato.

«È stata una bella partita…»

«Bella? È stata fantastica. Il modo in cui hai buttato fuori Vleck, oh mio Dio, non l'avevo mai visto cadere tanto in fretta, e poi Ten, come ha preso… Guarda, sono ufficialmente un fan dei Railers per il resto della corsa al campionato.»

Lo lasciai sproloquiare su punteggi, avvitamenti, luci e il fatto che secondo lui un giorno Ten sarebbe diventato capitano, e quanto ci mancasse Arvy, ma andava bene così, perché Dieter era una brillante ala bidirezionale. E via di seguito, finché mi resi conto che stavo ascoltando un tifoso. Sorrisi. Ben stava lasciando il lato oscuro del tifo per il Washington e, se fosse dipeso da me, non ci sarebbe più tornato.

Non perché lo volessi per me.

Perché lo volevo come tifoso.

Ovviamente.

Alla fine rimase senza carburante e la voce si spense. «Sai cosa mi è piaciuto più di tutto?»

Pensavo avessimo toccato ogni punto e analizzato per filo e per segno il mio colpo su Vleck, dunque non era qualcosa che riguardava me e un po' ne fui deluso, finché non ricominciò a parlare.

«Su Twitter hanno mostrato lo spogliatoio post-partita. Hai presente il momento in cui i Railers hanno consegnato il cappello azzurro al miglior giocatore della partita? So che l'hanno dato a Stan, ma avrebbe dovuto andare a te, poi ti sei avvicinato per congratularti con

Stan... e...» Tacque un istante. «Ti eri tolto la maglietta, e ti sei fermato proprio davanti alla telecamera, sudato, i capelli come se ci avessi passato in mezzo le dita, e non ho mai visto niente di più sexy.»

Diamine. Mi era diventato durissimo. Infilai la mano nelle mutande e strinsi le dita attorno al mio uccello dolorante. La voce del mio uomo somigliava al whisky di alta qualità, prima una sensazione di bruciore, poi un calore fluido che ti inondava l'organismo. Sentii una pausa nel suo respiro e compresi cosa stesse facendo.

«Ti stai toccando?» chiesi.

«Quando ti sei voltato verso la telecamera e ti sei accorto che ti avevano ripreso, hai teso i muscoli, l'ho visto, il sudore, e... ah...»

Spinsi giù le mutande e sollevai la camicia, sperando che non finisse subito – volevo prolungare quel momento – e lo misi in vivavoce.

«Cosa faresti?» chiesi mentre scivolavo più su sul letto, allargando le ginocchia e lasciandole ricadere ai lati. Trovai un ritmo e chiusi gli occhi.

«Ti vorrei qui, in piedi,» disse, la voce di nuovo strozzata. «Mi metterei in ginocchio e te lo prenderei fino in fondo alla...»

«Continua,» lo incoraggiai quando si fermò.

«E tu cosa faresti?» chiese. rimpallandomi la domanda.

Dio, non c'era verso che riuscissi a formulare pensieri coerenti in quel momento. «Non ti farei muovere. Ti terrei la testa immobile e ti scoperei la bocca con tutto quello che ho...»

Silenzio seguito da un gemito. Conoscevo quel suono – stava venendo – e nel giro di pochi secondi lo seguì, piegandomi verso il pugno, poi ricadendo sul letto, esausto.

Non dicemmo nulla per non so quanto, poi fu Ben a rompere il silenzio.

«Non l'ho mai fatto prima,» mormorò, «ma vederti sullo schermo, e la vittoria…»

Mi sembrò quasi che si stesse scusando, per cosa non lo sapevo. Forse perché era la prima volta? O perché si era eccitato per una partita?

«Neanch'io ho mai fatto sesso al telefono, ma le risse dell'hockey mi eccitano,» ammisi, e non stavo mentendo. Non avevo mai avuto un legame così intimo con qualcuno da arrivare a fare una cosa del genere, ma non avevo problemi ad ammettere che più di una volta mi ero masturbato dopo una partita.

Altro silenzio, ed ero proprio sul punto di dire qualcosa di stupido quando lui iniziò a parlare.

«Non è che non avessi una sana vita sessuale con Liam, anzi.»

Voglio sentirlo?

«È solo che eravamo sempre insieme. Lavoravamo insieme, vivevamo insieme e lo amavo talmente tanto che non volevo stare lontano da lui.»

Cosa dovrei rispondere?

«Hmm,» feci, perché davvero non sapevo cos'altro dire. Una parte di me voleva che parlasse di suo marito, perché così avrebbe visto che ciò che avevamo noi non era la stessa cosa. Era solo sesso.

L'altra parte di me soffriva per lui ed era dispiaciuta

che avesse dovuto affrontare una perdita così dolorosa e devastante.

«Mi spiace che sia morto,» aggiunsi al mio semplice hmm. Credo che avesse bisogno di sentirlo.

«Grazie,» mormorò. «Io non... Devo...» Stava chiaramente cercando a fatica le parole giuste. «Mi dispiace di aver rovinato tutto,» disse infine.

La mia risposta solita sarebbe stata qualcosa di volgare sul fatto di eccitarmi al suono della sua voce, ringraziandolo per il divertimento. Quello però era il vecchio Max. Il Max che esisteva prima che incontrassi Ben, prima che mi spingesse a pensare a ciò che stavo facendo con la mia vita.

Sì, ancora qualche settimana e avrei smesso di giocare. Sì, vivevo con l'ombra incombente della morte, ma in qualche modo Ben mi stava entrando dentro, stava superando quel nodo di paure e scaldava una parte di me che era rimasta congelata.

Perciò rielaborai ciò che avrei detto.

«Non hai rovinato nulla, Ben. Voglio che parli con me. Ho bisogno di *conoscerti*.»

Da dove uscissero quelle parole, non saprei dirlo. So solo che erano vere.

A vevamo alcuni giorni di pausa prima della partita successiva. Non sapevamo ancora chi sarebbero stati i nostri avversari: avrebbero dovuto giocare tutte e sette le partite necessarie, e ciò significava che sarebbero stati stanchi quando avrebbero incontrato noi al girone successivo.

Perlomeno, fu quanto disse il coach Benton, semplice, chiaro e senza alcun cenno di emozione. Uno avrebbe potuto aspettarsi di vederlo eccitato per essere arrivati tanto avanti nei playoff, invece era calmo e controllato. Quel giorno ci aveva fatto lavorare in difesa contro Ten, esercizio che già di per sé equivaleva a formazione. Quel ragazzino non era soltanto veloce: aveva anche un modo tutto suo di guardare la pista, una consapevolezza che fece impazzire me e Westy, per non parlare di Stan, che passò un sacco di tempo a battere il bastone per scusarsi. La sola volta che riuscii effettivamente a fermare Ten fu quando mi fermai per prendere fiato. Lui non se n'era accorto e mi finì addosso. Non aveva nemmeno l'affanno.

«Colpa mia,» disse, e si lanciò nella direzione opposta.

«Pensi che Jared metta la velocità nei cereali di Ten?» si lamentò Westy accanto a me.

Gli battei qualche colpetto con il bastone sul parastinchi. «Naa, stiamo solo diventando vecchi.»

«Io ho ventiquattro anni, coglione.»

Lo guardai fisso negli occhi. «Allora sì, sei solo lento.»

Westy sbuffò una risata e riprendemmo posizione, intanto che osservavamo un Ten ghignante che spingeva con la mazza il dischetto davanti a noi. Quel ragazzino ci avrebbe portati fino alla finale, me lo sentivo nelle ossa.

«Vieni provare goal,» gridò Stan in un inglese persino più stentato del solito. Ammiravo quel ragazzone, con il suo vocabolario uscito da un film di spionaggio russo e il suo amore per tutto ciò che riguardava Erik.

«Ho due punti di vantaggio,» gli urlò di rimando Ten.

Stan emise un vero e proprio ringhio. Lo sentii persino da dove mi trovavo. «Lascio segnare. Faccio grande ego,» disse deciso, e assunse la posizione.

Poi Ten si mosse, volò dopo una partenza da fermo; sinistra, un avvolgimento, afferrò il mio bastone con il suo, sollevò il dischetto tra le gambe di Westy e sparò in porta. Fortunatamente, Stan era più attento e molto più veloce di me e Westy e prese il dischetto, stringendosi poi il bastone al petto come un gattino in un abbraccio protettivo.

«Tu schifo come pancia di Roomba!» urlò a Ten.

Osservai lui e Ten lanciarsi insulti amichevoli, attesi il turno della successiva coppia di difensori, poi sollevai lo sguardo alle travi. Non c'erano ancora maglie ritirate lassù, e dubitai che avrebbero mai ritirato il mio numero dopo i pochi mesi trascorsi lì. Eppure, facevo parte di una squadra che avrebbe fatto la storia e avremmo superato anche il successivo, maledetto turno.

Arvy si avvicinò, con ancora indosso la maglia no-contact. Se fosse stato in forma, avremmo avuto una prima linea formidabile, inarrestabile.

«Quanto ancora?» chiese Westy, abbassando lo sguardo sulla gamba infortunata del compagno come così facendo potesse capire come andava la lesione. Poi mi accorsi che stavo facendo lo stesso.

Arvy scrollò le spalle. «Potrò fare presto un po' di allenamento in pista.»

Ten si fermò accanto a noi in uno spruzzo di ghiaccio. «Torni per il prossimo turno?» Sembrava speranzoso, ma Arvy non ebbe nulla da dirci.

A parte una cosa interessante.

«Avete davanti a voi Mister aprile,» disse e tese i muscoli. «Il titolo è ancora mio.»

«Luglio,» disse Ten. «Mi volevano senza camicia. Jared non è rimasto colpito.»

Non avevo idea di cosa stessero dicendo, ma quando Westy si aggregò per annunciare che era novembre e che lo volevano seduto sulla neve finta, mi incuriosii.

«Si tratta del calendario per il rifugio, quello in cui ci mettiamo in posa con i cuccioli per la raccolta fondi. Lo sta organizzando Ben.» Ten mi lanciò un'occhiata maliziosa mentre lo diceva.

«Tu che mese sei?» chiese Arvy.

«Non ne ho idea.» Difficilmente me ne avrebbero assegnato uno. Ero lì per la corsa alla Coppa, per dare un po' di profondità e forza, ma dopo dubitavo che i Railers avrebbero continuato a tenermi anche nel caso in cui non mi fossi ritirato.

«Lui sarà ottobre,» disse Arvy. «Dategli un paio di corna e può essere un diavolo.»

«Potremmo farlo dipingere di rosso,» aggiunse Westy.

«Vi odio tutti.»

Ma almeno la battuta distolse l'attenzione sul perché non mi fosse stato assegnato un mese per cui posare. In quel preciso istante non ne volevo parlare: il mio unico pensiero doveva concentrarsi sulla vittoria. Mentre facevo la doccia, pensai al resto della mia giornata e mi sentii in pace.

Dopo l'allenamento avrei raggiunto Ben al rifugio e avremmo potuto persino passare la notte insieme, magari anche riuscendo a fare l'amore invece di addormentarci.

La vita andava alla grande.

Poi, mentre riflettevo su cosa mi aspettassi da quella notte, mi resi conto di non aver pensato a fare sesso con Ben. Avevo pensato a fare l'amore.

Sentii una fitta alla testa.

Capitolo 9

BEN

«Benton, se non li controlli, gli hot dog diventeranno carbone.»

Ebbi un lieve sussulto nel sentire la voce di zia Glenna accanto a me. «Scusa, stavo guardando i ragazzini che giocano a street hockey.»

Mi affrettai a girare le salsicce con le pinze da barbecue mentre un formicaio di gente si aggirava per il cortile antistante casa mia, sorseggiando limonata e sgranocchiando patatine.

«Mmm-hmm. Sono sicura che siano stati proprio i ragazzini che giocano a street hockey a farti venire gli occhi da triglia e l'aria sognante.»

Il mio sguardo tornò a volare su Max circondato da un branco di ragazzini di periferia che giocavano a hockey in mezzo alla strada. Era sudato e stanco, eppure rideva forte come uno qualsiasi di quei poveri bambini. A stento ce n'era uno che sapesse giocare a hockey, ma imparavano in fretta. Max aveva una pazienza incredibile e un buonumore infinito. Era infinitamente diverso dall'uomo che correva sul ghiaccio in cerca di qualcuno da mandare con il sedere a terra. Mi colmava il cuore di cose che pensavo non avrei mai più provato. Cose che mi rallegravano, mi eccitavano, mi spaventavano e un po' mi facevano dimenticare.

«Benton, gli hot dog.»

«Oh, diamine, giusto, scusa.» Sentii il rossore salirmi lungo il collo. Zia Glenna fece schioccare la lingua, poi esplose in una risata divertita. «Okay, va bene, forse stavo guardando Max.»

«Ha proprio un bell'aspetto in calzoncini e canotta, ma santo cielo, quell'uomo ha bisogno di prendere un po' di sole.» Si allontanò camminando sinuosa per controllare come stessero gli ospiti di quella grigliata improvvisata. "Ospiti" significava tutto il vicinato e "grigliata improvvisata" significava festa di quartiere per celebrare il passaggio dei Railers alla conference contro il Florida. Ancora un turno e avrebbero giocato per la Stanley Cup. Ero orgogliosissimo di Max e della sua squadra. Era molto eccitante far parte della cerchia degli intimi, anche se non ero il tipico esempio di moglie o fidanzata.

Alla mia sinistra comparve zia Carol, che masticava un bastoncino di carota. «Non lasciarli troppo sul fuoco, Benton. A nessuno piacciono bruciati.»

Abbassai lo sguardo sulla donna anziana che mi stava accanto. «Scusa, sai, ma chi ha indosso il grembiule con la scritta b-b-q king?» Battei con le pinze sul grembiule che tenevo legato intorno alla vita. «Già, giusto. Io. Perciò vai a occuparti di qualcos'altro.»

«Oggi sei uno stronzo impertinente.» Sbuffò e mi

infilzò con la carota prima di allontanarsi per andare a chiacchierare con qualcuno.

Adoravo quelle due vecchiette. Avevano organizzato tutta quella festa senza lasciarsi scappare una parola con me. Era impressionante, considerato che nulla piaceva di più alle mie zie che spettegolare. Be', a parte combattere il sistema.

«Come vengono gli hot dog?» Ero pronto a dar di matto con chiunque avesse osato chiedere. Ero il re del barbecue. Sapevo come arrostire una salsiccia. «O non si può chiedere?»

«Nossignore, nessun problema.» Sorrisi al pastore e sperai che covare pensieri cattivi su di lui non mi inimicasse nostro Signore. Il pastore Bert – e sì, Bert era il suo cognome: Alabaster di nome – era un uomo alto, snello, brizzolato e sempre sorridente. Aveva perso la moglie di quarantanove anni due anni prima, e ormai tutti quelli che frequentavano la chiesa battista della Rosa di Beulah cercavano di trovargli una fidanzata. Un po' come avevano cercato di trovarmi un fidanzato dopo la morte di Liam.

«Mi pare di capire che siano tutti preoccupati per gli hot dog,» disse con un'occhiata maliziosa alla griglia.

«Può ben dirlo.» Ridacchiai e intanto li girai.

«Alla gente piace ficcare il naso in giro,» commentò mentre il suo sguardo andava ai ragazzini e Max che giocavano sulla strada bloccata. «Mi ha fatto piacere vedere il tuo nuovo amico alla messa. Sembra un brav'uomo.»

«Sì, signore, lo è.»

«Lo sai, vero, che è il benvenuto nel nostro luogo di culto in qualunque momento?»

«Sì, signore, lo so. E grazie per la sua costante apertura verso di me e gli altri della comunità LGBTQ.»

Il pastore Bert sorrise. Dai suoi occhi traspariva tutto l'amore per il suo lavoro.

«Benton, il Signore ama tutti i suoi figli. Come suo servo, sarebbe un affronto se non li amassi anche io.» Mi diede qualche pacca sulla spalla, poi si chinò verso di me. «Inoltre, spero di ottenere qualche biglietto per accompagnare il gruppo giovanile a una partita della prossima stagione.»

Il che mi fece ridere forte. «Dirò a Max di farla chiamare.»

«Grazie. Non fare tardi alle prove del coro la prossima settimana. Vado a controllare i dolci. Clara Miller aveva detto che avrebbe portato la sua famosa torta al cioccolato. Di fronte a una torta al cioccolato sono un uomo debole.»

Speravo tenesse quella debolezza per sé. Clara era vedova e una candidata privilegiata come nuovo materiale da fidanzamento.

Max e i ragazzini esultarono tutti insieme. Qualcuno doveva aver segnato. Il suo sguardo mi trovò attraverso il cortile e tra tutti i vicini. C'era il fuoco in quei suoi meravigliosi occhi. Lo fissai per un tempo lunghissimo, finché qualcuno urlò che le salsicce stavano bruciando. Allora mi occupai della cucina invece che del mio uomo. A lui avrei dovuto pensarci più tardi.

· · ·

Lo feci non appena la porta di casa si chiuse e, a quel che pareva, Max era più che contento di essere al centro della mia attenzione.

Lo sbatti contro il muro accanto al frigo. «Stare là seduto tutta la sera a guardarti senza poterti strisciare addosso è stata una tortura.» Gli sollevai quella maledetta canotta sexy fino al mento e feci scorrere le dita sulla peluria che gli copriva il petto, mentre con le labbra cercavo la sua bocca. Non se lo fece dire due volte e mi avvolse la nuca con la mano, godendosi la sensazione dei nostri uccelli che premevano l'uno contro l'altro. Gli pizzicai i capezzoli e lui mi succhiò la lingua.

«Grazie al cielo DK ha chiesto di passare la notte da Carol e Glenna,» ansimò tra un bacio e l'altro.

«Gli ho dato cinque dollari perché restasse a dormire lì.» Gli infilai la mano negli shorts.

«Io gliene ho dati venti.»

Ridemmo entrambi sottovoce, poi ci separammo abbastanza a lungo da precipitarci in camera da letto. Bucky se n'era andato da solo a dormire nel suo recinto. Se ne stava lì, con la testa sulle zampe e la coda a battere dolcemente sullo spesso cuscino.

«Sei un bravo ragazzo,» mormorai. Gli diedi un biscottino, poi chiusi il cancello con la serratura. Max mi stava aspettando accanto alle scale, le labbra atteggiate in un sorriso tenero. Mi offrì la mano. La presi e lo condussi al mio letto.

Appena entrati in camera, qualcosa cambiò. Un mutamento nell'aria, o forse nella nostra aura. Non saprei dire di cosa si trattasse esattamente, ma c'era una delicatezza nel modo in cui ci toccavamo e assaporavamo l'un l'altro che non avevo sentito prima. Le sue mani si muovevano sulla mia pelle con reverenza, la sua bocca mi sfiorava il collo.

«Cosa vuoi da me questa notte, Ben?» Max mi scivolò tra le gambe, ingabbiandomi con le mani ai lati della testa, l'erezione bollente come un ferro da marchiatura. «Dimmi cosa vuoi da me.»

Avrei potuto dire un milione di cose... forse avrei *dovuto* dirle. Avrei potuto dirgli che volevo che mi amasse invece di scoparmi soltanto. Avrei dovuto dirgli che volevo che gli importasse di me tanto quanto a me importava sempre più di lui.

«Svegliati insieme a me.» Fu tutto ciò che osai dire.

Mi baciò finché non restai senza fiato, poi mi sollevò le gambe e le piegò sul petto, afferrandomi per le caviglie e lasciando che il suo sesso mi scivolasse sui testicoli.

«Mi piacerebbe moltissimo svegliarmi insieme a te,» rispose, le parole cariche di desiderio. Chiusi piano le palpebre mentre apriva un pacchetto di preservativi e si spremeva un po' di lubrificante sulla mano. Quando lo sentii ungersi l'erezione, fui attraversato da una scossa incandescente di desiderio. «Sei pronto per me?»

«Oddio, sì,» ansimai mentre mi aggrappavo ai suoi fianchi.

Scivolò dentro di me in una lunga spinta fluida. Quando fu affondato al massimo, mi premette le gambe con maggiore decisione sul petto e iniziò a muoversi. Assestò colpi rapidi con i fianchi – spinte brevi e profonde che mi tolsero il fiato portandomi fin troppo rapidamente all'orgasmo. Maledetto, sapeva bene come muoversi, come pompare quei suoi fianchi, come accarezzarmi i testicoli e massaggiarmi il sesso.

«È questo che vuoi da me, Ben?»

«Sì... sì... sì.»

L'orgasmo mi travolse. Mi inarcai, ricaddi sul materasso e urlai il suo nome. Con la mano destra mi stringeva l'uccello pulsante, con la sinistra mi inchiodava le gambe sul petto. Venni sul mio ventre e le caviglie. Max si spinse ancora dentro di me e io lanciai un grido per la profondità e la pressione. L'orgasmo lo investì e il grugnito di piacere che lo accompagnò mi causò un brivido. Lasciò andare il mio sesso e cadde accanto a me sul letto, mentre il suo uccello scivolava fuori. Distendere le gambe fu doloroso e al tempo stesso magnifico.

Max tacque per un tempo lunghissimo. Uscii dal letto per trovare una camicia sporca con cui dare una ripulita mentre lui si occupava del preservativo. Quando poi tornai, allungò una mano e mi attirò a sé. Restammo distesi a guardarci. Pensai di poterla vedere nei suoi occhi. Quell'emozione che noi tutti cercavamo. Quella sensazione splendente su cui i cantautori scrivevano canzoni e che i poeti ingigantivano con eloquenza. Sapevo di provarla. Pensavo di provarla. Forse stavo solo vedendo riflesso nei suoi occhi l'amore che sentivo crescere dentro di me. Forse stavo proiettando, o forse si trattava solo di un desiderio.

«Stai bene?» chiese un istante dopo. Annuii e sorrisi, spazzando via tutti quei sentimentalismi. «Hai una faccia buffa.»

«È la mia faccia da orgasmo perdurante,» scherzai. «Anche tu hai una faccia buffa.»

«Non posso farci niente, ci sono nato.»

Il che mi fece ridacchiare. «Mi piace la tua faccia.» Mi avvicinai e lui mi avvolse un braccio robusto attorno alla spalla.

«Anche a me piace la tua.»

Era il lavoro che impediva alla mia mente di sentire la mancanza di Max e preoccuparmi costantemente di Rolf. Troppa tranquillità da quel lato. Sospettavo che stesse prendendo tempo per prolungare la tortura. Avevo persino chiamato uno dei poliziotti che conoscevo e discusso la situazione con lui. A meno che DK non avesse sporto denuncia, davvero non avrebbero potuto fare nulla. Aveva consigliato di fare attenzione e chiamare nel caso si fosse presentato.

Quel pensiero se ne stava annidato nel fondo della mia mente come un paiolo putrido di stufato d'agnello. Purtroppo, non avevo nemmeno Max per aiutarmi a placare l'inquietudine.

Lui e i Railers erano a riposo, pronti per le prime due partite della *conference championship* contro il Florida. Per fortuna avrebbero iniziato in casa, ma, nonostante ciò, non ci incontrammo. Parlavamo tanto quando il lavoro, gli allenamenti e i giornalisti ce lo permettevano. La pressione dei media era folle. Fino a quel momento ero riuscito a restare lontano dai riflettori, e andava bene così. Avevo visto il mio nome collegato al suo solo una volta in un piccolo blog di sport che DK mi aveva segnalato.

Non avevo problemi a farmi vedere al suo fianco.

Ero uscito allo scoperto già da molto tempo. Ero stato sposato e avevo gestito il Crossroads insieme a mio marito Liam. Di conseguenza il pensiero dei flash non mi preoccupava. Almeno non quanto la pressione dei media e dei tifosi mentre le squadre lottavano per raggiungere la finale. Parte di quanto leggevo online all'indirizzo dei giocatori mi inorridiva e l'odio vigliacco diretto a Tennant Rowe perché amava un uomo mi intristiva profondamente. Non avrei mai capito come facessero quelli che si professavano figli di Cristo a distorcere in quel modo le parole di un uomo che predicava l'amore.

Il rifugio era stato preso d'assalto dai nuovi arrivi. Ormai avevamo così tanti gattini che era difficile trovare spazio per tutti. Erano stati salvati quattro cani, uno dei quali era arrivato in condizioni talmente brutte che non c'era stato modo di tenerlo in vita e il nostro veterinario era stato costretto a sopprimerlo. Poi c'era una barboncina meticcia talmente sporca e aggrovigliata che avevamo dovuto rasarla fino alla pelle. Era difficile da piazzare senza i suoi graziosi riccioli bruni, il che significava che sarebbe rimasta da noi per un bel po' di tempo. Trascorsi un'altra ora dopo la chiusura a cercare di far quadrare i conti e coprire tutte le spese, ma non era proprio possibile.

«Stramaledetto tutto.» Sospirai e mi allontanai dalla scrivania. Avevo gli occhi secchi, la schiena rigida e il cuore pesante. Avremmo dovuto organizzare un'altra grossa raccolta fondi per coprire i costi del mese successivo. Considerato che avevamo così poco contante in cassa, avrei dovuto attingere ai miei risparmi personali per riuscire a fare fronte a una parte delle necessità, per esempio la pubblicità. Bucky ciondolò fino a me, con gli occhi azzurri interrogativi. «Vorrei essere nato ricco anziché bello come un dio.»

Alla mia battuta agitò allegramente la coda.

«Andiamo a controllare Cocoa, e poi a casa.»

Bucky si precipitò alla porta dell'ufficio e poi verso gli stalli. Lo lasciai fuori nonostante la sua aria triste. C'era un motivo se i nuovi arrivi erano tenuti lontani dagli altri animali.

Cocoa – che senza pelo non aveva più il colore del cacao – si avvicinò sulle piastrelle, dondolando il minuscolo sederino e agitando la coda rasata. Sembrava abbastanza in forma. Grazie a Dio era tarda primavera e non inverno, altrimenti la poverina sarebbe congelata.

Saltò a prendere il biscotto che le lanciai, lo mangiò e si acciambellò sul suo cuscino. Bucky mi lanciò un'occhiataccia quando uscii dopo il giro.

«Mi spiace, potrai farle visita presto.» Agganciai il guinzaglio e lo condussi fuori, chiudendo a chiave la porta e accendendo il sistema di sicurezza.

Bucky si sedette accanto a me, con la lingua penzoloni e il muso fuori del finestrino a godersi il vento sulla faccia. Se solo la vita fosse stata altrettanto facile per noi umani. Mi mancava davvero la presenza di qualcuno che mi aspettasse a casa. Mi mancava sedermi per un pasto con un uomo che mi chiedesse come andassero le cose. Erano le piccole cose quelle che notavi di più quando le perdevi. Qualcuno che ti ricordava di pagare la bolletta dell'acqua o di comprare il latte.

«Ci serve il latte?»

Bucky starnutì, riempiendo l'aria che arrivava da fuori di moccio canino.

«Lo prendo per un no.»

Fermandomi di fronte alla nostra fila di casette di mattoni, vidi che dalle mie zie le luci erano spente. Quella sera c'era una riunione del comitato scolastico. Probabilmente avevano trascinato DK con loro. Erano contente di farsi portare in giro da lui. A dire il vero, il fatto che guidasse DK per me era un po' un sollievo. Nell'ultimo anno entrambe le zie avevano ammaccato parecchie auto. E in un certo senso speravo che fosse con loro, perché volevo bene a quel ragazzino, ma quella sera ero di cattivo umore, con le preoccupazioni lavorative che mi gravavano sulle spalle e il desiderio di qualcosa in più nella mia vita privata. Un pasto caldo, una birra fredda e una lunga doccia avrebbero potuto contribuire a risollevarmi lo spirito. Intravidi le mie scarpe da jogging nel ripostiglio quando appesi il guinzaglio di Bucky. Forse una corsa avrebbe aiutato. Io e Bucky saremmo potuti andare a Wildwood Lake, farci una bella sudata e magari ci saremmo concessi una pausa sulla stessa panchina su cui io e Max avevamo avuto una sorta di appuntamento galante.

L'idea mi intrigava moltissimo. Dopo un rapido cambio per indossare un paio di calzoncini da corsa e una canotta dei Railers – i miei amici nel Distretto di Columbia non mi avrebbero mai perdonato – e un appunto fatto scivolare sotto la porta delle mie zie per comunicare dove fossi e quando speravo di tornare, caricai di nuovo Bucky e uscimmo.

Appena sentii lo scricchiolio della brecciolina sotto le sneaker e la reazione dolorosa dei muscoli delle cosce, compresi che era stata una buona idea. Certo, faceva caldo e stavo già sudando, ma il sudore era positivo. Il sudore era preoccupazione che fuoriusciva dai pori. Bucky correva al mio fianco, felice di essere attivo. I cani come lui non erano fatti per stare tutto il giorno stesi negli uffici. Ero un cattivo papà canino tanto quanto ero uno schifoso fidanzato. Sempre che fossi un fidanzato, il che non ritenevo di essere. Max sembrava non avere alcuna fretta di impegnarsi. Avrei forse dovuto buttare lì un accenno? Forse avrei dovuto invitarlo a uscire per un appuntamento galante. Un vero appuntamento. Non un incontro di sesso. Qualcosa di romantico. Mi colò il sudore negli occhi mentre oltrepassavamo di corsa l'area paludosa, l'aria umida colma del canto delle minuscole ranocchie che si preparavano al concerto notturno.

Mi bruciavano le gambe e avevo la schiena tesa, ma stavo iniziando a sentirmi meglio. Avrei chiesto a Max di uscire. Una cena. Al ristorante. Con altra gente. Gli avrei tenuto la mano e gli avrei detto che il suo viso non mi piaceva soltanto, in un certo senso lo amavo. Poi avremmo potuto andare a casa e fare sesso. Già. Mentre sorridevo nonostante il lamentoso strattone dei bicipiti femorali, svoltai l'angolo e mi trovai davanti Rolf, appoggiato a una folta quercia.

Mi aveva seguito al parco? Che ragione al mondo poteva avere per essere in un parco qualsiasi nello stesso momento in cui c'ero io?

Mi fermai di colpo, con Bucky al mio fianco. Vedendo lì Rolf, mentre le ombre del sole al tramonto scendevano su di lui, pensai di vedere un fantasma. Lui e Liam si somigliavano talmente tanto che a volte li avevano scambiati per gemelli. Mi montarono dentro rabbia e paura. Serrai la presa sul guinzaglio di Bucky. Il cane cominciò a mugolare, incerto e agitato dalle oscure sensazioni che fluivano da me.

«Mi stai seguendo?» ansimai. Piegò il labbro in una smorfia. Come era mai potuto succedere che qualcuno lo confondesse con il suo gentile, adorabile e affettuoso fratello minore andava oltre la mia comprensione. Nei suoi occhi azzurri c'era solo odio. «DK non ha intenzione di tornare a casa.»

«Come se rivolessi quel bastardo sotto il mio tetto. Probabilmente lo hai già invertito, proprio come avevi fatto con Liam.» Non fece una mossa, si limitò a restare lì, appoggiato con noncuranza a quel maledetto albero, con l'aria di chi sta solo parlando con un altro tizio nel caso qualcuno fosse passato correndo.

«Cosa vuoi?»

«Voglio ciò che è mio. Quello che Liam mi avrebbe lasciato prima che tu e il tuo culo da frocetto gli entraste nella testa e lo confondeste.»

Desiderai con tutto me stesso essere capace di tenere sotto controllo le emozioni come stava facendo Rolf. A parte il ribrezzo ardente che gli bruciava negli occhi, era gelido come il proverbiale ghiaccio. Bello, sì, e rilassato nei modi.

«Che stronzate dici?»

Dal petto di Bucky salì un latrato profondo. Non gli dissi di smetterla.

«Voglio la metà del patrimonio di Liam. Proprio come l'avrei avuto se tu non lo avessi deviato.»

Rimasi a bocca aperta. Che patrimonio? L'unica cosa che avesse posseduto era la sua metà dell'investimento nel rifugio, ed era diventata mia quando era morto.

«Sei fuori di testa.»

Passò correndo una giovane donna. Rolf le sorrise cordialmente. Lei rispose con un cenno del capo.

«Graziosa, eh? Oh già, giusto. A quelli come te non piacciono tette e figa.»

«Ho finito con te. Se vuoi soldi, chiedi un prestito. Non avrai un cazzo da me. Io e Liam eravamo sposati. Legalmente. Tutto quello che era suo è diventato mio. E ciò che era mio sarebbe andato a lui se fossi morto io.»

«La tua morte. Già, si può organizzare.» Lanciò al mio cane ringhiante uno sguardo assassino, poi si allontanò lentamente, seguito dall'ombra che il sole calante allungava e distorceva.

Il sudore che mi imperlava il collo scivolò lungo la spina dorsale, raggelandomi. Mi aveva solo minacciato. Rimasi lì a lungo, a fissare il punto in cui si era trovato Rolf, a tremare nonostante ci fossero quasi ventisette gradi. Quel bastardo mi aveva solo minacciato.

«Buon Dio,» borbottai con la gola serrata forte dalla paura. Frugai nella tasca dei calzoncini e chiamai la persona con cui più sentivo il bisogno di parlare. Max.

Capitolo 10

MAX

Avevamo concordato di non vederci quella sera. Due giorni dopo ci sarebbe stata la nostra prima partita contro il Florida, e i Tampa Bay avevano lottato fino in fondo al meglio delle sette partite per arrivare al turno contro di noi. Avevo preso la decisione da vero adulto di riposare quella notte e subito Ben mi era mancato da morire. Avevo guardato qualche stronzata di film su Netflix, troppo nervoso per vedere qualcosa di buono, troppo distratto per alzarmi a prendere il telecomando che era caduto oltre il fianco del divano e fuori della mia portata. In effetti, Ben aveva scommesso che non avrei potuto trascorrere una notte senza sesso: sul piatto c'erano dieci dollari. Non avevo intenzione di perdere.

Quel giorno l'allenamento aveva riguardato gli odd-man rush[1]: eravamo una figata e Stan non ne aveva ancora fatta entrare una. La squadra era ottimista e nell'aria aleggiava una cauta eccitazione. Dovevo concentrarmi sull'hockey e solo sull'hockey, qualunque cosa pur di non pensare a Ben e al sesso.

Eppure, avrei voluto che fosse lì con me, o che fossi io a casa sua, perché Ben aveva quel suo modo di calmarmi e farmi ritrovare l'equilibrio. Di darmi uno scopo al di fuori dell'hockey che non fosse solo il sesso.

Come un adolescente col mal d'amore, avevo sperato che a un certo punto avrebbe chiamato, ma fino a quel momento non lo aveva fatto. A parte un messaggio per dire che era in coda da Walmart, c'era stato il silenzio stampa. Mi aveva davvero preso in parola, quando avevo detto di aver bisogno di dormire e di concentrarmi sulla prossima partita, che avremmo giocato in casa. Il barbecue del giorno prima era stato rivelatore. Aveva partecipato la maggior parte della squadra, anche se nessuno aveva mangiato nulla che potesse anche solo lontanamente provocare un avvelenamento da cibo, non si sa mai.

Quando il telefono squillò, mi tuffai a prenderlo, aprendo la chiamata prima ancora di portarlo all'orecchio.

«Lo sapevo che avresti chiamato,» esclamai trionfante. «Sei tu a dovermi i dieci dollari.»

«Max.»

Il tono mi mise immediatamente a tacere, ridusse a nulla il mio buonumore, e da stravaccato che ero mi drizzai a sedere.

«Ben? Che succede?»

«Non avrei dovuto chiamare,» disse dopo un breve silenzio.

'Fanculo. Ero già in piedi a infilarmi la giacca, passando il telefono da una mano all'altra, tenendolo sempre all'orecchio.

«Che è successo?» chiesi ancora, e spinsi i piedi dentro le sneaker, strascicando finché non furono perfettamente infilate. Sentivo una stretta al petto. «Si tratta del rifugio? Qualcuno è riuscito di nuovo a entrare?»

Avevo parlato con la società di vigilanza, e mi avevano assicurato di aver implementato i sistemi di controllo e aggiunto alcune perlustrazioni in auto. Tuttavia, avevo la sensazione che non fosse solo il rifugio a essere preso di mira, e non mi piaceva neanche un po'.

«No.»

Lo aveva detto con una voce sottile e già prima di sentire quello che comunque non mi stava dicendo, avevo già afferrato le chiavi. C'era paura nel suo tono e io non avevo nessuna intenzione di starmene lì ad ascoltare. Nel giro di un minuto ero fuori dal mio appartamento e davanti a quello di Westy. Aveva un'unità nel mio stesso palazzo, in affitto, entrambi incerti riguardo alla nostra permanenza nella squadra. Lui ovviamente lo avrebbero tenuto: era un fuoriclasse. Ma io ero finito. Avevo bisogno di finire.

Bussai alla sua porta continuando a parlare con Ben.

«Dove sei?»

«Sono tornato a casa,» disse.

«Ti raggiungo tra dieci minuti.»

Un Westy dall'aria assonnata aprì la porta e all'inizio sembrò volesse maledirmi per averlo svegliato, ma cambiò espressione non appena vide la mia faccia.

«Che è successo?» chiese, guardando alle mie spalle, forse aspettandosi di vedere un qualche disastro in corso.

«Ho bisogno che mi porti in un posto.»

Non si mise a discutere. Mi stavo comportando da pazzo, eppure lui afferrò le chiavi e imboccammo le scale diretti verso il parcheggio.

Non volevo interrompere la telefonata. «Parlami, Ben,» supplicai.

Westy mi lanciò un'occhiata con la coda dell'occhio mentre uscivamo dal parcheggio, ma non era il momento di dare spiegazioni.

«Ti aspetto,» disse Ben con il rammarico nella voce, poi chiuse la chiamata.

«Ben? Ben!»

Non andava bene. Non andava affatto bene.

«Dove devo andare?» chiese Westy una volta in strada. Okay, dovevo pensare alla direzione da prendere.

«A casa di Ben. Ti ricordi dov'è?» Westy era venuto al barbecue, ma si sarebbe ricordato il groviglio di strade per tornarci? Allungò la mano per selezionare l'ultima destinazione sul suo navigatore e non dovetti dargli alcuna indicazione.

Non mi fece domande. Per fortuna c'era pochissimo traffico e alla fine raggiungemmo il quartiere e rallentammo fin quasi a fermarci prima di parcheggiare davanti a casa di Ben. Non c'era traccia delle auto delle sue zie e sperai con tutto il cuore che non fossero ferite o, peggio, morte. Westy mi seguì fuori dall'auto. Non lo fermai: diamine, non ero sicuro di cosa avrei trovato.

Ben aprì la porta mentre ci avvicinavamo e, cazzo, se sembrava scosso.

Entrammo, Westy chiuse la porta alle nostre spalle e io riuscii a prendere Ben tra le braccia, tutto in un'unica azione stranamente coordinata.

«Cos'è successo?» chiesi di nuovo, e Ben mi afferrò più forte la camicia per affondarmi il viso nel collo. Westy ci oltrepassò e scomparve nel cucinino, tornando con una bottiglia di whisky e un bicchiere. Indicò il soggiorno, e con attenzione, lentamente, condussi Ben nella stanza per farlo sedere sul divano. Mi tirò giù con sé, mentre Westy si accomodava sul tavolino da tè di fronte a noi.

Non ero convinto di volere che Westy vedesse Ben in quelle condizioni. Non avrei dovuto proteggerlo impedendo che qualcuno lo vedesse così vulnerabile?

«Che è successo?» chiese Westy con un tono più deciso di quello che avevo potuto avere io, considerato quanto fossi preoccupato e impaurito.

«Penso...» Ben sollevò lo sguardo su di me e mi afferrò le mani. «Rolf.»

Okay, non si trattava del rifugio, si trattava di quel coglione di Rolf, il padre di DK, quello che aveva picchiato il suo stesso figlio. Diamine, aspetta, si trattava di DK? Mi guardai intorno quasi aspettandomi che DK saltasse fuori dal nulla, solo per assicurarmi che stesse bene.

Nulla.

«Si tratta di DK? È ferito?»

Ben scosse il capo. «È uscito con le mie zie, e poi resta a casa di Skipper,» mormorò. «Rolf non sa dove si trovi.»

«Allora cos'è che ha fatto Rolf?»

«Penso... Mi sto comportando da stupido... Non può aver...»

Ben si interruppe fissando Westy quasi si accorgesse

solo allora che non eravamo soli nella stanza, poi si irrigidì. Westy incrociò il suo sguardo.

«È una faccenda che riguarda la polizia?» chiese.

Ben annuì e Westy compose il 911 prima ancora che io potessi arrivare al mio telefono.

«La polizia,» disse Westy nel ricevitore. Sollevò lo sguardo, accorgendosi di colpo che non sapeva che accidenti dovesse chiedere.

«Rolf mi ha minacciato,» sussurrò Ben.

Qualcosa mi ruggì dentro e sentii il bisogno impellente di andare a cercare Rolf per ammazzarlo: farlo a pezzi e dare i suoi resti in pasto ai cani. Mai prima di allora avevo provato una simile rabbia assassina, e la violenza con cui mi investì mi fece girare la testa. Non riuscivo a sentire cosa stesse spiegando Westy tanto era il frastuono nella mia testa. Allontanai Ben da me e lo guardai in faccia.

«Raccontami tutto,» ordinai bruscamente.

Lui spalancò gli occhi, e se fossi stato meno furioso, o la paura non mi avesse rubato la razionalità, forse mi sarei accorto che stavo perdendo il controllo.

Ben fece per allontanarsi da me, ma io lo afferrai per il braccio. «Lo ammazzo.»

Si divincolò per cercare di liberarsi, ma tutto ciò che sapevo era che non riuscivo a togliergli le mani di dosso, che avevo bisogno di quel contatto.

«Max,» disse, e tornò a scuotere il braccio. «Mi fai paura.»

Mollai all'istante e mi allontanai un po' da lui. Merda, non ero migliore di quel coglione che lo aveva minacciato.

«Mi dispiace,» dissi e sollevai le mani. Westy passò il whisky a Ben, e io rimasi a guardarlo mentre lo sorseggiava e poi se lo scolava tutto in un sorso solo. «Mi vuoi dire…?»

«Dice che vuole…» Ben lanciò un'occhiata a Westy, che annuì comprensivo.

«Preparo il caffè,» annunciò prima di sparire in cucina.

Ben indicò la sagoma in ritirata. «Eri con lui?»

«Con Westy? No, ho bussato alla sua porta e mi sono fatto accompagnare qui.»

«Oh.»

Di nuovo silenzio.

«Dimmi cosa ha fatto Rolf.»

Ben si massaggiò le tempie e chiuse gli occhi. «Non me ne ricordo neanche la metà, ma ha detto – o almeno penso che abbia detto – che uccidermi sarebbe un'opzione per ottenere ciò che vuole.»

Il drago che albergava in me tornò a ruggire forte e dovetti costringermi fisicamente a restare immobile. Sì, era giusto avvertire la polizia. Sarebbero arrivati, avrebbero dato un senso a tutta quella storia, arrestato Rolf e aggiustato le cose.

«Che vuoi dire che pensi che abbia detto?» chiesi dopo un po'.

«Non è stato tanto ciò che ha detto, ma il modo in cui l'ha detto, e ha sorriso a quella donna che è passata correndo e chiunque stesse guardando avrebbe pensato che si trattasse solo di due tizi che chiacchieravano, ma a Bucky non è piaciuto.»

Nessuna di quelle parole aveva un senso, tranne

forse la parte su Bucky. Lo individuai nel recinto in un angolo, acciambellato in una palla, con lo sguardo fisso su me e Ben.

«Ha capito che ero sconvolto, perciò l'ho messo nel suo letto,» spiegò Ben, poi si avvicinò. Lo attirai in un abbraccio e insieme aspettammo in silenzio la polizia.

Arrivarono insieme al caffè, e io dovetti ascoltare il racconto di come quel coglione di Rolf avesse con ogni probabilità seguito Ben al parco e lo avesse intimidito, lasciando intendere che il modo per ottenere ciò che riteneva gli fosse dovuto era passare sul suo cadavere. Cercai di restare in silenzio, lo strinsi mentre parlava, e quando fu troppo e provai il desiderio di colpire qualcosa, mi allontanai.

In piedi insieme a Westy a guardare Ben che spiegava, avrei voluto *davvero* colpire qualcosa. Qualcuno. Chiunque.

I poliziotti furono meticolosi. Documentarono tutto, presero nota di ciò che Ben raccontava. Non potevano farci molto per quello che Ben *pensava* intendesse Rolf, ma aggiornarono i loro archivi. Quando se ne andarono, fui io a stringere loro la mano, e io a rimettere in ordine le tazze del caffè. Westy se ne andò subito dopo, senza neanche chiedere se volessi un passaggio a casa. Sapeva come stessero le cose tanto quanto me.

Portai Ben a letto, lo spogliai e, dopo averlo fatto stendere dolcemente, lo strinsi a me.

Non dormii fino a quando non sentii i suoi respiri regolari, e passai la maggior parte di quel tempo a

fissare la foto di Ben e suo marito, Liam, che non stava
più a faccia in giù.

Se in quel momento Liam lo stava guardando
dall'alto e vedeva che razza di coglione fosse suo fratello,
scommetto che avrebbe voluto tornare come un angelo
vendicatore o altre cazzate del genere. Avrei potuto
allungare la mano e girare la cornice, ma non mi
dispiaceva vedere Ben felice insieme a suo marito. Se
mai, era confortante pensare che io potessi prendermi
cura di Ben da quaggiù, e magari Liam avrebbe potuto
tenerlo d'occhio *da lassù*.

Quando mi svegliai, Ben non c'era, ma sentii dei
rumori in cucina e l'odore di caffè. Sembrava più calmo
della sera prima.

«Forse ho avuto una reazione esagerata,» suggerì.

«Le cose sembrano sempre migliori alla luce del
giorno,» dissi. «Ciò non significa che non fossero orribili
al buio.»

Non ero sicuro che fosse la cosa giusta da dire, ma
lui mi abbracciò, ci baciammo e promise che quel
giorno al rifugio sarebbe stato prudente.

L'allenamento andò da schifo. Non fu d'aiuto il
fatto che avessi dormito poco e cercassi di
difendermi da Ten, ma in pista fui inutile quanto un
bambino di cinque anni. Al punto che Jared me lo fece
notare e mi tolse dalla pista.

«Che cazzo succede?» chiese mentre ci avviavamo
verso gli spogliatoi.

«Non ho dormito tanto bene.»

Qualcosa nel mio tono di voce dovette convincerlo che non era una scusa. Comunque fosse non ribadì l'importanza di proteggere Ten, o di tenere alzati i pugni, o di non abbattere gli avversari e guadagnarmi penalità inutili. Mi ordinò di entrare sotto la doccia e filare a casa.

Promisi di farlo.

Mentii.

Il rifugio era immerso nel silenzio e trovai Ben insieme ai cuccioli, steso sul pavimento ad abbracciare tutti quelli che lo chiedevano. Quando entrai, sollevò lo sguardo e mi rivolse un piccolo sorriso.

Sembrava non ci fosse nulla al mondo di così brutto che un cucciolo non potesse sistemare.

Mi unii a lui sul pavimento e chiacchierammo di hockey, della Coppa, del rifugio, dei cuccioli e di quella volta che avevo perso due denti per un dischetto sulla mascella a centosessanta chilometri orari.

Mai una volta parlammo di Rolf o delle sue minacce, ma mi assicurai di riferire tutto alla società di vigilanza, e avrei potuto anche assumere qualcuno per sorvegliare il posto e tenere d'occhio Ben. Non si sa mai.

Lui però non aveva bisogno di saperlo.

Secondo tempo della nostra prima partita contro il Florida, e desideravo davvero che mi mandassero in panchina. Avevo già passato un po' di tempo sulla panca delle penalità, due volte, per infrazioni che erano state incidenti, comunque non volontarie. Avevo la testa incasinata e sentivo il bisogno di tornare in partita, perché non avevo nessuna intenzione di essere responsabile del mancato passaggio in finale dei Railers. Sette partite in quel girone, e non dovevamo fare altro che vincerne quattro. La Stanley Cup sembrava sempre più vicina.

Sentii un colpetto sulla spalla, e non ebbi neanche bisogno di sollevare lo sguardo per sapere che si trattava di Jared. Era chiaramente nervoso, con la tensione che gli scavava due solchi ai lati della sua bocca e negli occhi la confusione.

Annuii. Sapevo cosa stava per dire. Avevamo segnato due goal a testa ed eravamo talmente equilibrati da essere penoso a vedersi. Noi avevamo maggiori possibilità, ma il loro portiere era in gran forma e non lasciava passare nulla.

Mads si limitò ad annuire in risposta, e quando oltrepassai la balaustra per il turno successivo, ero concentrato sull'hockey e non su Ben.

La partita era uno sfinimento. Nessuna delle due squadre sembrava essere capace di sopraffare l'altra e i tiri che entravano in porta erano del tutto casuali. Rimbalzi fortunati, colpi sul portiere e, in due occasioni, la rete era uscita dagli agganci che la tenevano in posizione. c'erano confusione e rabbia nell'aria e non mancò molto prima che il pressing costante sui nostri attaccanti premiasse la squadra avversaria.

Quando vidi il loro difensore spingere Ten contro la balaustra, mi sentii sollevato. Il nostro enfant prodige non si era fatto male, per fortuna − si rimise in piedi quasi subito – ma l'incidente mi fornì comunque un motivo legittimo per demolire qualcuno.

Spedito alla panca delle penalità per due minuti di richiamo su un'irregolarità, sentii di aver scaricato un po' della tensione che avevo dentro. In effetti, stavo ridacchiando e canticchiando rivolto al difensore del Tampa, che mi urlava oscenità.

Finché la folla non esplose in un ruggito e io tornai a guardare la partita. Ten si stava smarcando, veloce come il fulmine. Percepivo il goal sempre più vicino e mi alzai a guardare, ma tutto ciò che riuscii a vedere fu il capitano del Tampa che puntava dritto verso Ten, anche lui un fulmine, peccato che la traiettoria fosse del tutto sbagliata. Gridai a Westy di interporsi tra loro, ma non era posizionato nel punto in cui sarei stato io. Ten era senza copertura, vulnerabile, e a me il tempo sembrò rallentare. Con la raggelante certezza che si sarebbero scontrati, non riuscii a trattenere l'imprecazione di orrore che mi uscì dalla bocca. Ten doveva averlo notato all'ultimo momento – o quantomeno aveva sollevato la testa – ma l'impatto e la successiva collisione contro il parapetto fecero tacere lo stadio. I due rimasero immobili per un istante in un groviglio di gambe e braccia, poi tutto sembrò accelerare e i rispettivi compagni di squadra si precipitarono verso di loro per aiutarli ad alzarsi.

'Fanculo. Ten si era infortunato perché io avevo ritenuto così maledettamente necessario picchiare qualcuno? Ero un tale uomo di Neanderthal che il solo modo in cui riuscivo a gestire la mia sofferenza era

elargire sofferenza agli altri? Trattenni il fiato. Penso che
lo trattenne tutto lo stadio.

Un attimo dopo Ten era in piedi che spintonava e
insultava il capitano del Tampa. Non lo faceva spesso
perché di solito era troppo veloce per essere preso, ma
vederlo faccia a faccia con il tizio che lo aveva fatto
cadere mi strappò una risatina. Guardai verso la
panchina e vidi Mads in piedi con le braccia incrociate
sul petto. Avrei voluto che voltasse la testa verso di me e
mi dicesse con gli occhi che era sollevato di vedere Ten
in piedi. Invece non guardò neanche una sola volta
verso di me, ma mi strizzò la spalla, quello sì, quando
tornai in panchina. Sapeva come fosse stare sulla panca
delle penalità e assistere alla vulnerabilità dei ragazzi
che avresti dovuto proteggere.

Da lì a tornare a pensare a Ben il passo fu breve.

Vincemmo la partita, ma solo grazie a un gol di
rimbalzo sul blocker del loro portiere. Non c'era stato
nulla di brillante nella partita di quella sera, nessuna
sottigliezza.

Appena potei, controllai il cellulare. Ben non era
potuto venire perché doveva coprire un turno al rifugio,
ma con lui c'era DK e la società di vigilanza mi aveva
assicurato che era tutto tranquillo.

Trovai tuttavia un suo messaggio: le congratulazioni
con l'aggiunta di un bacio. E, stranamente, due righe da
mia mamma, che suggeriva di infliggere rapidamente
una sonora sconfitta al Tampa, quasi sapesse di cosa
stava parlando. Le inviai la promessa che lo avremmo
fatto, poi riportai l'attenzione sul messaggio di Ben.

Riflettei su cosa scrivere, ma non mi venne in mente nulla.

Dunque feci ciò che qualunque amante che si rispetti faceva quando voleva parlare con il suo compagno.

Fermai un taxi e andai al rifugio. Niente partite il giorno seguente, niente allenamenti, solo pattinaggio volontario.

E quella sera, volevo davvero stare insieme a lui.

Capitolo 11

BEN

Attesi che Max arrivasse. Sapevo che si sarebbe presentato. Chiamatelo presentimento o Forza o una buona capacità di interpretazione, ma lo sentivo avvicinarsi. Immaginate la sua sorpresa quando si presentò ai cancelli chiusi del rifugio e io lo aspettavo con il motore acceso, pronto a portarlo a un vero appuntamento galante.

«Ehi,» disse prudente mentre pagava l'autista e gli lasciava la mancia.

«Ehi a te,» risposi, con il sedere appoggiato sul paraurti della mia auto e le braccia conserte, il ritratto perfetto di Mr. Figo. Se solo dentro fossi stato altrettanto calmo. Sentivo le viscere aggrovigliate, il cuore che vibrava insieme alla macchina e l'uccello che improvvisamente sviluppò vita propria quando lo vidi in giacca e cravatta.

Max guardò attraverso i cancelli del rifugio. I grilli frinivano e un cane abbaiava. L'aria era grave di umidità. Il brusio costante del traffico cittadino faceva da sottofondo.

«Che succede?» Fece scorrere la cravatta azzurra sotto il colletto della camicia e se la infilò nel taschino. Poi si tolse la giacca, mettendo in mostra le braccia robuste avvolte dal morbido cotone.

«Usciamo per un appuntamento galante.»

Ricambiò il mio sguardo sollevando un sopracciglio.

«Ah sì?»

«Sì. Esatto.» Gli aprii lo sportello del passeggero. «Dobbiamo sbrigarci, però. Chiude alle dieci.»

«Ah, quindi ci restano circa quaranta minuti.» Max mi mostrò il quadrante del grosso orologio al polso sinistro.

«Ecco perché dico che dobbiamo sbrigarci.» Con un cenno gli indicai l'interno dell'auto.

«Aspetta.» Max si guardò intorno. «Pensavo che DK fosse con te.»

«C'era. Adesso non più.» Un altro gesto verso lo sportello aperto.

Max si avvicinò e salì in auto. Gli chiusi lo sportello come un vero gentiluomo, poi corsi intorno al cofano della Jeep e mi tuffai dietro il volante.

«È stato un bene che la partita non sia finita ai tempi supplementari,» dissi avviandomi. Accesi lo stereo e dagli altoparlanti sgorgò Teddy Pendergrass.

«Un bene.» Sempre più confuso, Max allacciò la cintura, poi mi scoccò uno sguardo serio. «Cos'è questa storia?»

«Questa storia è che non abbiamo mai avuto un appuntamento.» Gli gettai una rapida occhiata, poi tornai a guardare la strada. Teddy stava cantando di spegnere le luci. Mmh, sembrava una buona idea. Io, Max, un letto e una stanza buia. O una stanza con le luci. Mi andava bene tutto.

No, maledizione. No. Questo è un appuntamento senza sesso. Sii forte, Benton!

«Non sapevo che stessimo uscendo insieme.»

Ops, cominciai a preoccuparmi. Mi concentrai sul traffico che lasciava la città.

«All'inizio nemmeno io.» Decisi di essere onesto. Lui ~~lo~~ era sempre stato onesto al cento percento con me. Nessuna falsa promessa o parole smielate per portarmi a letto. Non che ne avesse avuto bisogno, ma…

«E adesso pensi di voler uscire.»

«Se lo vuoi anche tu.» *Argh. No, questo era fare marcia indietro. Sii forte, Benton!* «Insomma, sì. Voglio un appuntamento vero.»

Sollevai un po' il mento mentre premevo il piede sull'acceleratore, forse un po' più di quanto fosse legalmente consentito.

«Ah.»

Lo guardai di sbieco, ma sembrava assorto in se stesso, perciò lasciai che quella ammissione rimbalzasse all'interno della Jeep mentre ce la filavamo verso Hershey.

Quando parcheggiammo al parco, le folte sopracciglia di Max si aggrottarono. «Dunque ci siamo scapicollati per venire a un parco divertimenti?»

«Be'… sì.» Aprii lo sportello e scesi dall'auto, e così anche lui. Controllai l'orologio. Avevo coperto un percorso da venticinque minuti in meno di venti minuti, quindi avevamo circa quindici minuti prima che il parco chiudesse per la notte. «C'è una cosa importante che volevo dirti in un posto speciale. Vieni.»

Max borbottò qualcosa tra sé. Cosa fosse non lo so, ma corremmo ai cancelli, pagammo per entrare e ci affrettammo tra montagne russe e giochi d'acqua, arrivando senza fiato alla Kissing Tower dieci minuti appena prima della chiusura.

«Sto per svenire,» ansimò Max mentre un addetto contrariato ci faceva accomodare nella cabina. Eravamo i soli passeggeri della corsa, il che era un bene. Avevo sperato in un po' di privacy per la mia grande dichiarazione. Inoltre, se Max mi avesse scaricato, non ci sarebbe stato nessuno a vedermi piangere.

«Aspetta a svenire.» Lo presi per mano e lo condussi a uno dei finestrini a forma di caramella. La corsa iniziò quasi subito, forse perché gli impiegati volevano tornarsene a casa. La cabina salì lentamente per circa ottanta di metri. Ci sedemmo e guardammo fuori, sforzandoci di riprendere fiato.

«È qualcosa di incredibile,» disse Max mentre la cabina girava piano, offrendoci una vista panoramica del parco illuminato e delle luci del centro di Hershey. I miei occhi, però, erano fissi su di lui.

«Già, davvero.»

Si voltò sulla panchina imbottita e posò su di me il suo bellissimo sguardo marrone e oro.

Mi protesi per baciarlo. Dopotutto, eravamo nella Torre dei Baci. Lui rispose con passione. Era chiaro che sotto la calma anche lui bruciava di passione.

Gli presi il viso tra le mani, godendomi la sensazione graffiante della barba ruvida sui palmi.

«Mi piaci davvero e voglio uscire con te. In pubblico. Quel genere di appuntamento in cui ci si tiene per mano e si sussurrano parole dolci durante una cena a lume di candela.»

Sembrò digerire le novità lentamente. La cabina continuava a girare e io sentivo un po' di nausea allo stomaco, ma non a causa della ruota.

«Okay, piacerebbe anche a me.»

Mi attirò a sé e incollò la bocca alla mia. Non so come, ma quando la cabina tornò a terra gli ero seduto in grembo e sul mio collo banchettava un famelico giocatore di hockey.

La perfezione del momento fu interrotta dall'apertura delle porte della cabina e dal grido di un contrariato impiegato del parco. Sobbalzai, cercammo entrambi di nascondere le nostre erezioni e uscimmo con un'aria alquanto imbarazzata. Max mi prese la mano e bastò quello a farmi sentire più leggero di quanto mi fossi mai sentito da quando Rolf mi aveva minacciato.

«Okay, che fine ha fatto quell'espressione adorabile di prima? Cosa c'è che non va?»

«Stavo solo pensando a Rolf.»

«Hai più avuto sue notizie?»

«No, no, non è così stupido.» Fummo accompagnati fuori dal parco e ci avviammo verso la Jeep, le dita ancora intrecciate che mi davano una forza di cui avevo bisogno. «Non parliamo di quel bastardo odioso. Questa notte dovrebbe riguardare noi. DK e le mie zie sono nel

Distretto di Columbia, perciò non devo preoccuparmi di loro.»

«Cosa ci fanno laggiù?»

Max mi guidò verso l'auto, mi fece appoggiare con la schiena contro lo sportello del guidatore e si avvicinò con dolcezza, premendo il petto contro il mio.

«Volevano portarlo al suo primo sit-in. Una protesta per i diritti delle donne.» Mi sfiorò la mascella con il naso, intento ad assaporare ancora il mio collo e io lo lasciai mordicchiare. Eravamo solo io, lui e un migliaio di falene che svolazzavano nella pozza di luce sopra di noi. «Mmh, bello. Vuoi cercare un posto per mangiare e poi torniamo a casa mia?»

Sollevò la testa immediatamente. «Penso che Stan viva da queste parti.» Diede un'occhiata al parcheggio. «Insomma, non intendo qui, ovviamente, ma a Hershey. Forse potremmo passare da lui a bere qualcosa. Potrebbe essere carino trascorrere un po' di tempo con un'altra coppia.»

«Già, sarebbe carino. Dove vive?»

«Da qualche parte a Hershey. Cancelli grandi, stando a Lockhart. Possiamo andarcene un po' in giro finché non lo troviamo.» Tornò ad affondare il viso nel mio collo. Scossi il capo. Sospirò e si ritrasse per guardarmi. «Non ti va di fare visita a Stan?»

«Oh, sì, vorrei solo che pensassi a cosa hai appena proposto. Hai detto che dovrei gironzolare per un quartiere benestante, dopo il tramonto, a controllare case di gente ricca.»

Ci rifletté circa cinque secondi, poi distese il suo cipiglio.

«Oh,» mormorò.

«Già.»

«È un vero schifo.»

«Non dirlo a me. Allora, che ne dici se evitiamo un'esperienza potenzialmente sgradevole e ci limitiamo a trovare un posticino tranquillo per mangiare e poi andiamo a casa?»

«Italiano. Ho fame di italiano. E di te.»

Anch'io avevo fame di lui, ma le fettuccine sembravano una buona idea. «Possiamo portarle via.»

«E il vero appuntamento?»

«Abbiamo fatto un giro sulla giostra. Tecnicamente costituisce un vero appuntamento.»

Sei un uomo molto, molto debole, Benton.

La sua risata fu strabordante. «Giusto. Prendiamo il take-away.»

Portammo l'asporto sul mio letto. Ci stendemmo tra vaschette di alluminio piene di fettuccine Alfredo, lasagne e spaghetti con le polpette, nudi, imboccandoci l'un l'altro tra lunghi baci mielosi. La pasta cominciò a scivolarci dalle forchette, lunghi filamenti striscianti sul mio fianco fino alle lenzuola, o grasse polpette rotonde che rotolavano sul fianco di Max per fermarsi accanto al suo membro duro. Succhiai un paio di sfere carnose, coperte di salsa al pomodoro ricca di aglio. Max sbuffò e ridacchiò per tutto il tempo, con i capelli e la barba ricoperti di pomodoro, il mio petto e il mio membro rivestiti della densa salsa Alfredo al formaggio.

Le coperte erano un macello, le lenzuola macchiate e devastate, ma ci rotolammo comunque tra le salse, mentre il gioco lasciava il posto alla passione e una fame sostituiva l'altra.

Lubrificargli il sedere fu divertente e appiccicoso. Spinsi le dita a fondo dentro di lui mentre gli succhiavo la punta del grosso uccello. Max tirò e strattonò finché non gli fui a cavalcioni, con le ginocchia ai lati della testa. Mi prese voracemente in bocca. Due grosse dita rivestite di lubrificante e probabilmente salsa Alfredo trovarono la mia entrata. Oscillai all'indietro su quelle dita impazienti, ansimando intorno al suo membro mentre le piegava e cominciava a massaggiare il mio punto preferito. Mi persi in lui, ed era proprio ciò di cui avevo bisogno. Amare quell'uomo spazzava via ogni preoccupazione dalla mia mente. Non esistevano più Rolf, né anziane zie, né un adolescente solo e indesiderato dalla sua famiglia, e neanche un rifugio sull'orlo del pignoramento. Per quell'unico, meraviglioso e breve arco di tempo, c'eravamo solo io e Max.

Fu lui a venire per primo, inondandomi la lingua e la gola. Fui attraversato da un lungo brivido, mentre il suo sapore inebriante combinato alla carezza delle sue dita sulla prostata mi spingeva verso l'orgasmo. Max rimase lì, a mugolare e succhiare, senza mai arretrare o soffocare, accettando i miei affondi selvaggi mentre mi frugava furiosamente dietro.

«Cazzo… oh cazzo.» Mi tenne stretto, una mano sul sedere, impedendomi di allontanarmi finché non ebbe finito. Ogni passata delle sue labbra sull'uccello gli provocava un altro brivido. Alla fine lasciò che mi liberassi e ricadessi accanto a lui sul letto. Una vaschetta di alluminio si ribaltò e mi ricoprì la schiena di qualche fastidioso spaghetto freddo e umido.

«Ah, accidenti,» tossii, acciambellandomi come una palla mentre venivo percorso dagli ultimi piccoli brividi.

«I miei spaghetti,» gemette Max. Mi ribaltò sulla pancia e mangiò la cena dal mio fondoschiena mentre io ridacchiavo.

«Sei il piatto più saporito che sia mai stato inventato,» disse facendo le fusa mentre mi copriva con la sua mole e mi premeva contro il letto sporco di salsa.

Sollevai una mano in segno di sconfitta e venni ribaltato sulla schiena, la vaschetta che cedeva sotto il mio peso.

Il suo sguardo felice incrociò il mio.

«Sei speciale per me,» sussurrai, poi gli tolsi con un colpetto un minuscolo frammento di polpetta dalla barba.

«Anche tu sei speciale per me,» rispose, affondando la testa per un lungo assaggio della mia bocca che finì per condurci nel mio bagno, portandoci a un altro giro nella doccia stretta.

Dopodiché fummo pronti per dormire. Possibilmente in un letto non rivestito dalle specialità di Lou's Ristorante, sulla Locust Street. Ci imbucammo nella stanza degli ospiti, buttando sul pavimento le lattine di DK e crollando addormentati non appena ci accoccolammo l'uno accanto all'altro.

Nel complesso, come primo, vero appuntamento, era andato bene, nonostante il piccolo errore in merito alla questione del niente sesso.

. . .

L e vecchiette e DK avevano deciso di fermarsi nel Distretto di Columbia per qualche giorno. Grazie al cielo, la protesta era stata pacifica. Avevo scherzato con mio padre sul fatto che, se fossero finite in gattabuia, sarebbe toccato a lui pagare la cauzione. Aveva riso, ma non era stata una risata sentita. Sapeva come fossero fatte quelle due.

Perciò alla successiva partita dei Railers mi presentai da solo. Arrivai tardi a causa di alcuni nuovi ospiti e un problema con un gatto malato insieme ad alcune chiamate dal Dipartimento dell'Agricoltura che mi ero perso per via del suddetto gatto. Avrei dovuto richiamare il giorno seguente in orario d'ufficio, il che andava bene. Ogni volta che il Dipartimento si faceva vivo, perdevo dieci anni di vita. Era l'Agenzia di Stato che sovrintendeva e ispezionava i rifugi. Non avevo mai avuto difficoltà a superare le loro ispezioni a sorpresa, ma quella chiamata inaspettata mi metteva in ansia. Avevano detto di avermi mandato una mail, e in effetti quando andai a guardare, si trattava solo di un questionario. Eppure, il cuore mi batteva ancora all'impazzata.

«Ehi, amico, stai bene? Per caso hai mangiato nachos avariati?»

Il frastuono di diciottomila tifosi riapparve intorno a me. Mi scrollai di dosso la nube di apprensione e mi voltai verso Mr. Montagna – che adesso sapevo aveva un nome vero, Kenny – e gli rivolsi un sorriso. A quanto pareva Max aveva riservato quei posti per tutto il resto

dei playoff. Quando lo avevo saputo, ero cascato dal
pero. Quell'uomo era pieno di adorabili piccoli segreti.

«No, non si tratta di nachos avariati. Stavo solo
pensando al lavoro.»

«Amico, non conosci la regola?» Kenny lanciò
un'occhiata a suo marito Jeff, che aggirò con lo sguardo
il petto nudo dello sposo. «Tesoro, non conosce la
regola.»

«Come? Di che regola parlate?» chiesi.

Qualcuno in pista colpì qualcun altro e i tifosi
urlarono oscenità. Maledizione. Dovevo prestare
attenzione alla partita. Avrebbe potuto essere Max
quello sbattuto contro le protezioni. Non che lo
augurassi a Adler, ma insomma…

«Quella che stabilisce che il lavoro resta nel
parcheggio durante una partita di hockey.»

«Oh, giusto, quella regola. L'avevo dimenticata.»

Kenny mi diede qualche pacca sulla testa, poi tornò
a ruggire contro il Tampa Bay per qualche genere di
infrazione. Fino a quel momento quella seconda partita
era stata decisamente brutale. Eravamo quasi alla fine
del secondo tempo in una situazione di stallo. Non
erano stati segnati punti perché le squadre erano state
troppo impegnate a colpirsi l'un l'altra. Tra fischi
regolari e irregolari, la panca delle penalità avrebbe
avuto bisogno delle porte girevoli. Sospettavo che i
Railers fossero pronti a una bella strigliata quando
fossero tornati nello spogliatoio.

La mia attenzione pareva concentrata su Max per la
maggior parte del tempo, ma riuscii comunque a
godermi un improvviso turbinio di attività intorno alla

rete del Florida proprio un attimo prima che il fischietto decretasse la fine del tempo. Era stata l'azione più pericolosa che i Railers fossero riusciti a portare avanti per i quaranta minuti di gioco. Magari sarebbero stati capaci di mantenere lo spirito anche nel terzo tempo.

«Vado in bagno e a prendere una birra. Kenny, Jeff, volete qualcosa?»

«No, stiamo bene così. Grazie comunque.» Kenny mi guardò raggiante, con il braccio penzolante intorno al collo del marito. Jeff sorrideva dolcemente. Quando si dice una strana coppia, ma sembravano felici.

Mi aggregai all'esodo di massa di tifosi diretti nell'atrio in cerca di cibo, bevande e una corsetta al bagno.

Si avanzava lentamente, un passo alla volta, il che mi diede un sacco di tempo per guardarmi intorno.

C'era gente di ogni taglia, forma e colore. Anche tante donne e bambini. Ero contento di vederlo. Nel mio gruppo di amici dei vecchi tempi ero l'unico a seguire l'hockey. La maggior parte preferiva guardare il basket o il football. Mi piacevano anche quegli sport, ma l'hockey aveva sempre avuto qualcosa in più ai miei occhi. La velocità, la fisicità e la grazia di quegli omaccioni che si muovevano su lame sottili. Forse un giorno avrei potuto convincere Max a darmi qualche lezione.

Un omone alto davanti a me lasciò la coda, così avanzai e lanciai uno sguardo di lato, ma quando vidi Rolf appoggiato alla spessa ringhiera, il mio piede mancò il gradino e caddi addosso a una donna.

«Mi scusi,» borbottai alla sua occhiataccia. Poi

riportai lo sguardo sulla sezione accanto a quella dove mi trovavo e lui era ancora lì, gli occhi fissi su di me. Con il cuore in gola, palpai la tasca posteriore in cerca del telefono. Con le mani tremanti chiamai il 911, sentendomi a ogni squillo meno terrorizzato. Quando la centralinista rispose, lanciai un'occhiata nel punto esatto in cui Rolf mi aveva guardato in cagnesco e trovai solo una ringhiera. No. Merda. Dov'era andato?

«Pronto? Qual è la sua emergenza?» chiese la centralinista.

«Io… Lui era qui. Mio cognato. Ex. Era… Merda, dove è andato??»

«Signore, ho bisogno che si calmi e mi chiarisca la natura della sua emergenza.»

«Rolf. Era qui. Insomma…» Mi grattai la fronte sudata. «Era proprio qui.» Indicai la ringhiera che affacciava sulla conca di sedili in basso, come se la donna dall'altro capo del telefono potesse vedere ciò che stavo indicando. «Insomma… sembrava proprio lui.»

«Signore, per favore può dirmi la natura della sua emergenza?»

«Io, ah… Mi scusi, penso di aver reagito esageratamente. Mi scusi per la chiamata. Mi scusi.» Terminai la telefonata, con il cuore che mi martellava nella cassa toracica. Era lui. Giusto? Stessi capelli biondi, stessi occhi azzurro ghiaccio, stessa espressione odiosa. Doveva essere lui. Me l'ero immaginato?

«Santo cielo,» gemetti. Mi voltai e tornai al mio posto.

«Pensavo fossi andato per una pisciata e una birra,» disse Kenny quando gli crollai accanto.

«Troppa gente,» risposi con lo sguardo ormai posato su ogni testa dorata tra gli spalti. Rolf mi aveva seguito lì? Si era appostato nei dintorni del rifugio? Vicino a casa mia? O ero io che stavo perdendo la testa?

Profondamente scosso, me ne stetti accanto a Kenny la Montagna fino a quando i Railers non riuscirono a perdere per un solo, insidioso punto. Uscii con Kenny e Jeff, poi li convinsi a restare con me offrendo loro l'opportunità di incontrare Max. Ne avevano un gran desiderio, perciò mi nascosi dietro i miei nuovi amici e attesi fuori al buio che Max uscisse e mi desse l'abbraccio di cui avevo così tanto bisogno. Forse avrebbe anche potuto prendermi a calci nel sedere, per essere così maledettamente idiota.

Capitolo 12

MAX

Qualcosa era cambiato. Non avrei saputo dire cosa nello specifico, ma quando vidi Ben la volta successiva, non mi guardava negli occhi.

Lo avevo già sperimentato con i tizi con cui ero stato scopamico. Eravamo maschi, e non faceva parte della nostra natura sederci a chiacchierare dei nostri fottuti sentimenti con il cuore in mano. Perciò si cominciava evitando il tizio e comportandosi come se non esistesse, fino a che lui non recepiva il messaggio e ognuno di noi voltava pagina senza rancore.

Proprio come stava facendo Ben.

Era distratto, non mi guardava negli occhi, e la sera dopo la partita andò a letto adducendo un mal di testa e lasciandomi nel suo salotto a guardare le repliche di *Friends* in TV.

Forse avrei dovuto già capire l'antifona. Ben stava facendo il solito giochetto, e io avrei dovuto passare oltre e concentrarmi su ciò che era importante: l'hockey.

Però non era quello che volevo fare, e la gente non

mi dava del coglione ostinato senza motivo. Dopo essermi tormentato per dieci minuti a causa del messaggio che mi veniva inviato, decisi che era arrivato il momento di mandare il mio. Lo raggiunsi in camera da letto, ma non era altro che una palla sotto le coperte, così rimasi un po' sulla soglia a fissare a sua sagoma. Volevo solo essere sicuro di dire la cosa giusta. Qualcosa tipo «non te ne andare» o «non lasciarmi». Lo vidi muoversi e mi irrigidii. Non ero ancora pronto per parlargli, mi mancavano le parole adatte.

Continuavo a sentirmi intrappolato in quel cappio del dubbio su quanta parte di me stesso concedere. Il medico voleva vedermi, diceva che non stavo gestendo le cose nel modo in cui lui si aspettava. Be', fanculo, stavo gestendo tutto benissimo. Provate a chiedere a una persona qualsiasi con una bomba a orologeria che le ticchetta nella testa come gestisce la merda, e diranno tutti la stessa cosa.

Un giorno alla volta. Ogni giorno è una conquista.

Indietreggiai dalla porta e tornai nel cucinino di Ben, per prendere uno sgabello e fissare il mio telefono. Le ultime tre chiamate che non avevo fatto a Ben erano state per il dottor Warner. Probabilmente si era ormai abituato alle mie chiamate per stupide preoccupazioni. L'ultima telefonata era terminata con un molto insolito «Hai bisogno di calmarti» del dottore, ma poi lo avevo chiamato alle quattro del mattino sua ora locale, e guardiamo in faccia la realtà, non è il genere di persona disponibile ventiquattr'ore su ventiquattro. È un noto neurochirurgo.

Se fossimo riusciti a diventare una delle due finaliste

della Stanley Cup, tutt'al più restavano sette partite tra noi e la Coppa. Questo mi avrebbe traghettato fino al mese successivo, il che significava altre tre settimane.

Quante probabilità c'erano che quella cosa nella mia testa avesse la meglio su di me in quell'arco di tempo?

Non avrei dovuto preoccuparmi.

Già, dai, chi sto prendendo in giro? La preoccupazione è irrazionale.

Lì, in quella cucina, nel bagliore soffuso di una piccola lampada, ero l'incarnazione stessa del terrore verso il futuro.

E se si fosse realizzato lo scenario peggiore? E se fossi collassato e nessuno avesse saputo il perché? E se fossi finito in una rissa e un pugno fosse entrato in collisione con la mia testa proprio nell'angolo giusto per causare un'emorragia? Diamine, e se fossi andato a letto e non mi fossi svegliato?

Mi sentivo solo e vulnerabile, e tutto per colpa di un uomo e della sua incapacità di guardarmi negli occhi.

«Che succede?» disse Ben alle mie spalle. Aveva un tono assonnato.

Scrollai le spalle. Non avevo intenzione di voltarmi per guardarlo, perché sapevo che non sarei stato in grado di affrontare la vista della sua espressione e la consapevolezza che voleva che me ne andassi. Mi abbracciò da dietro, e abbassai lo sguardo sulle sue mani contro la mia camicia. D'istinto, le coprii con le mie. Se quel gesto significava che era tutto finito, allora volevo quell'ultimo tocco.

Fesso.

«Scusa se sono stato distratto,» mi mormorò contro

la pelle, e non potei evitare un tuffo al cuore alle sue parole. «Avevo solo tante cose per la testa.»

Mi voltai sulla sedia e mi portai di fronte a lui. Mi prese il viso tra le mani e mi posò un dolce bacio sulle labbra.

«A volte…» iniziò piano, poi si interruppe.

«A volte cosa?» sollecitai, perché sembrava tanto serio.

Sospirò e io interpretai quel gesto come riluttanza ad aggiungere altro, ma mi sbagliavo.

«Penso che la mente mi stia giocando dei brutti scherzi. Pensavo di aver visto Rolf all'ultima partita, e poi ieri sarei stato pronto a giurare di averlo scorto qui fuori, ma quando sono uscito non era lui.» Rise piano, sbuffando. «Penso di aver bisogno di una controllata alla testa.»

A quel punto avrei potuto dire qualcosa. Era il perfetto cambio di argomento per me e i miei problemi. Avrei potuto dire semplicemente. "Ehi, Ben, ho avuto questa cosa nella testa che ha un nome troppo lungo e complicato da pronunciare, ma ehi, va tutto bene, il dottore dice che è improbabile che accada di nuovo, ma non si sa mai, perché esiste un dieci percento di possibilità che possa tornare. La prossima volta potrei morire. A te sta bene?"

Invece, non dissi un cazzo.

Codardo.

Riportai tutta l'attenzione su lui e sulla preoccupazione per la sua incolumità.

«E se fosse stato Rolf?»

Scosse il capo e mi baciò ancora, senza dubbio per

cercare di distrarmi. «Già, gli è capitato di avere un biglietto per una partita dei Railers che era esaurita quando nemmeno gli piace l'hockey. Credimi, so che sto perdendo la testa. I poliziotti lo hanno avvisato… che altro possiamo fare? È per DK che mi preoccupo, povero ragazzo.»

Mi alzai e lo strinsi a me. «Io invece mi preoccupo per te,» ammisi.

Ora. Raccontagli le tue paure ora, nella semioscurità, dove si è al sicuro.

Aprii la bocca per parlare e lui spazzò via le parole con un bacio.

«Vieni a letto,» mormorò.

Spensi la lampada e lo seguii in camera da letto. Quando arrivai lì, era già sotto le coperte tirate fino al mento e mi sorrideva. Non sentii la necessità di saltargli addosso: volevo fissare il suo splendido viso, tenerlo stretto, e amarlo con tutto ciò che avevo.

Già.

Penso che potrei amare Ben.

Ci svegliammo all'alba di un luminoso e caldo giorno di inizio estate. Quella mattina sarebbe stato DK ad aprire il rifugio, assumendosi ulteriori responsabilità, cosa che Ben stava incoraggiando. Il che significava un mattino di ozio per il mio uomo, se per ozio si intendeva non uscire dal letto fino alle otto e fare colazione insieme. Sarebbe andato comunque al lavoro alle nove, ma riuscimmo a infilare un sacco di baci e sorrisi prima di separarci.

Il mio Uber mi stava aspettando, e Ben scosse il capo.

«Molto pacchiano,» scherzò. «Fatti una macchina tua, Mr. Milionario.»

«Io non guido,» dissi, forse molto più sulla difensiva di quanto fosse necessario. Mi lanciò un'occhiata confusa per quel tono di voce, ma con un bacio cancellai il suo cipiglio.

Ci separammo dopo quel bacio e un abbraccio e andammo in direzioni opposte. Ero in anticipo per gli allenamenti, ma avevo bisogno di lavorare sul riscaldamento e di parlare con il fisioterapista del fastidioso dolore al ginocchio. Quel maledetto aveva gli spasmi sempre nei momenti sbagliati.

Quando fui vestito e sulla pista per gli allenamenti sui pattini, me lo aveva massaggiato e coperto ghiaccio ed ero nella mia isola felice. Il pattinaggio in sé era più un modo per sciogliere i muscoli che una questione di strategia: c'eravamo quasi, mancava una partita alla vittoria della conference e il cammino verso la finale, ed eravamo esausti ed energici allo stesso tempo.

L'umore era buono. Avevamo un quadro chiaro della squadra che avremmo affrontato, e la sera seguente, proprio lì sulla pista di casa, avremmo potuto raggiungere il nostro obiettivo.

Jared mi chiamò intorno a sé insieme agli altri difensori per parlare di tattica. Eravamo uno spettacolo, io su tutti, alcuni di noi erano difensori bidirezionali, capaci di portare lo scontro davanti alla porta, altri, come me, in grado di modificare la direzione di una partita su una singola lotta. Insieme eravamo un muro di mattoni, e quando Stan avanzò piano per unirsi a noi, non potei trattenermi: gli passai un braccio attorno al collo e gli baciai il casco.

Mormorò qualcosa in russo che non avevo un cavolo di speranza di comprendere, ma non sembravano imprecazioni, più parole affettuose.

Era la mia squadra.

Il giorno seguente avremmo vinto e saremmo andati alle finali. Lo sentivo nelle ossa.

Vincere, però, non fu facile. In pareggio dopo tre tempi, stavamo battagliando sul filo del rasoio. Quando però segnammo il gol finale, Ten e la sua magia su un contropiede con un assist per un bel goal di Dieter, mi resi conto di non aver mai provato una cosa del genere prima.

Estasi, spossatezza, amore, passione, paura… diamine, collasso totale delle mie emozioni. Cercai Ben sugli spalti, lo vidi in piedi ad applaudire ed esultare, e gli lanciai un bacio. Finse di prenderlo e di portarlo al cuore. Toly mi trascinò in un abbraccio, tirandomi in tondo fin dentro la calca di uomini che seppellivano Stan sul ghiaccio. Ten mi urlò nell'orecchio, e io stavo sorridendo come lo Stregatto. Lo sapevo.

«Andiamo alla finale della Stanley Cup!» gridò qualcuno. O per lo meno io colsi le parole «Stanley Cup» e «andiamo»; a parte questo, la cacofonia dei rumori era troppo da sopportare.

Connor si avvicinò pattinando nel ruolo di capitano, Troy Larsen e Toly come sostituti al suo fianco, senza che nessuno di loro toccasse la coppa che avevamo vinto in quanto pezzi da novanta della Eastern Conference. I pattinatori e le loro superstizioni prevedevano che nessuna squadra toccasse quella coppa. A meno che non si trattasse di una squadra che aveva avuto fortuna dopo averla toccata: avevo visto anche questo. Diamine, non posso spiegare cosa rappresenti la fortuna per qualcuno. Tutto ciò che sapevo era che la mia fortuna era tra la folla ed esultava per la nostra squadra, e per me.

L'atmosfera nello spogliatoio era euforica, e l'unico argomento di conversazione era la squadra della West Coast che avremmo incontrato per giocarci la Stanley Cup. I Raptors avevano vinto le loro partite sulla West Coast; erano i più forti nei primi tre gironi e avevano un punteggio più alto del nostro nella stagione regolare. Il che significava che le nostre prime partite nelle finali della Coppa si sarebbero tenute sul loro terreno, ma in quel momento a nessuno di noi importava del vantaggio che avrebbero avuto nel giocare in casa.

Eravamo erano forti.

<u>Avremmo</u> potuto battere chiunque.

L'energia mi abbandonò dopo pochi minuti di abbracci e pacche sulla spalla, e mi afflosciai sul mio piccolo angolo di panchina, ancora sorridente ma incapace di contenere la stanchezza per la partita.

Toly si stravaccò accanto a me e battemmo insieme le spalle.

«Ne è valsa la pena,» dissi.

Toly rise sbuffando. «Non sai quanto.»

L'euforia perdurò anche durante le interviste del post-gara, le docce, il cambio abiti e per tutto il tempo fino a quando non vidi Ben che mi aspettava insieme a DK. Abbracciai Ben talmente forte che dubitai riuscisse a respirare, finché non mi respinse ridendo.

«Prendetevi una stanza,» disse il ragazzino con un sogghigno e io lo trascinai in un abbraccio, dandogli una grattugiata e tenendolo fermo anche se si opponeva.

Mi sentivo abbastanza forte da farmi carico di tutto il cazzo di mondo.

Non ci fu bisogno di parole per decidere che saremmo andati da Ben. Amavo casa sua: era piccola ma accogliente, era l'esatto opposto del mio appartamento temporaneo. La sua era una casa nel senso più familiare del termine, con mobili comodi e la tivù con il megaschermo. Mollammo DK lungo il percorso, e poi restammo solo noi due, a bere l'un l'altro e ad amarci con forza.

Dopo, avvolto nelle sue braccia, sapevo che avrei dovuto parlargli delle preoccupazioni che mi stavo tenendo dentro. Se non avessi condiviso quell'ultima parte di me, non sarei più stato in grado di vivere con me stesso.

«Devo dirti una cosa,» iniziai, e mi districai dalla sua presa, mettendomi a sedere e rimboccandomi la coperta. Ben si sollevò e mi afferrò la mano.

«Anch'io,» disse.

Avremmo potuto fare tutta la manfrina del «prima tu», ma diamine, avevo bisogno di fare chiarezza sui miei segreti.

«Parlo prima io,» dissi, e mi sorrise come se si aspettasse che gli dicessi la cosa più meravigliosa al mondo.

«Allora vai,» mi incoraggiò quando esitai a iniziare.

«Subito dopo essere stato comprato, ho avuto una cosa medica.»

Mi punzecchiò e disse: «Riesco a capire parole più complicate di "cosa".»

Non aveva un tono seccato o preoccupato, ma era anche vero che praticamente non gli avevo detto niente.

«Una malformazione artero-venosa, una MAV.» Aspettai di vedere se avesse compreso, sperando silenziosamente di non dover spiegare, ma lui mi guardava perplesso.

«Che cos'è?»

«Una specie di occlusione che provoca sanguinamenti sul cervello, può causare ictus, quel genere di roba. Ho subito un intervento per rimuovere l'ostruzione, del tutto riuscito.» Aggiunsi l'ultima frase con noncuranza, come se non fosse vitale che prendesse quelle parole come le più importanti.

«Merda.» A quel punto era preoccupato, interessato, mi teneva per mano e mi guardava con quegli occhi sexy dello stesso colore del cioccolato liquido. «Mi dispiace tanto, deve essere stato spaventoso.»

«Lo è.»

Non mi accorsi subito di cosa avessi detto. Ero stanco per la partita e il sesso, e Ben mi teneva per mano. Non riuscivo nemmeno a pensare che quelle due piccole parole avrebbero potuto segnare l'inizio della fine.

«Che vuoi dire con "lo è"?» Ben districò le dita dalle mie. «Vuoi dire che è *stato* spaventoso. Giusto? Adesso è passato?»

Non che avessi intenzione di trattenere le preoccupazioni che provavo in quel momento, ma il modo in cui lui sottolineò quelle parole mi fece riconsiderare il livello di onestà che avrei raggiunto. Non avrei condiviso le mie paure, solo i freddi dati medici.

«Be', vedo ancora uno specialista nel caso in cui si ripresenti.»

«Nel caso in cui si ripresenti.»

Aveva intenzione di ripetere tutto quello che dicevo?

«Be', già, esiste la possibilità che a un dato momento possa verificarsi un'altra ostruzione, ma ormai sono abituato a conviverci.» Non aveva senso fornirgli le statistiche che mi perseguitavano.

Lo vidi muoversi. Solo un po'. Allontanarsi di qualche centimetro da me. La sua espressione passò dalla solidarietà a quel vuoto nulla che non riuscivo in alcun modo ad afferrare. Allungai la mano verso la sua, ma evitò il mio tocco.

«Ben?»

Mi fissò dritto negli occhi poi, poi con un movimento fluido, scivolò fuori dal letto e si infilò jeans e maglietta.

«Stai per morire?» disse con un tono spento.

«No, non se dipende da me.»

«Potresti morire e non me lo hai detto.»

«Ben...»

«Non posso rifarlo. Te ne devi andare,» disse. Il tono ora era diventato brusco.

«Non fare lo stupido, Ben. Parliamone,» dissi con un sorriso. Non mi permise di aggiungere altro, perciò non riuscii a dire nulla su come ci stessi convivendo, e come avrebbe dovuto imparare a farlo lui se davvero gli fosse importato.

«Non mi interessa… esci da casa mia.»

Mi alzai a fatica, sentendomi in svantaggio per la mia nudità. Mi infilai la biancheria e l'abito da post-gara, cercando disperatamente le parole per farlo calmare.

«Ben, dai.»

Uscì a grandi passi dalla stanza e io lo seguii. Teneva le mie scarpe in mano, e, aperta la porta d'ingresso, le gettò sul gradino.

«Fuori,» urlò.

«Ti stai comportando da stupido.»

Guardai le mie scarpe a terra, consapevole solo del fatto che si trattava di una reazione esagerata. Che diritto aveva lui di sapere tutto di me? Io tenevo le cose per me. Quella era la mia vita. Non la sua.

«Vaffanculo,» mi aggredì, e lo guardai sbattendo le palpebre. «Mi hai mentito.»

Mi prese la rabbia e infilai la giacca. «Non stavo mentendo. Non è una cosa che condivido con chiunque…»

«Io non sono un semplice chiunque!»

«Non sapevo se potessi fidarmi senza che tu lo dicessi alla squadra…»

«Vuoi sapere cosa stavo per dirti stasera?» mi interruppe Ben, e arretrò dalla porta in modo che potessi uscire. «Stavo per dirti che ti amo.»

«Oddio, Ben…»

Le sue labbra si deformarono nella parodia di un

sorriso. «Bel lavoro hai fatto raccontando per primo i tuoi segreti.»

«Ben, stai dicendo cose senza senso.»

«Esci.» Questa volta non c'era rabbia, più rammarico e una irrevocabilità che mi ferì.

Anch'io ti amo.

Uscii e raccolsi le mie scarpe, mi voltai per farlo calmare, ma mi sbatté la porta in faccia.

«Sei l'unica persona a cui l'abbia mai raccontato,» dissi alla porta. Era una stupidaggine buttare fuori un uomo nel cuore della notte. Un uomo senz'auto.

La porta si aprì e nel petto mi fiorì la speranza, invece Ben buttò fuori il mio telefono, che per fortuna riuscii ad afferrare. La porta venne richiusa prima che potessi aggiungere altro.

Avrei voluto rimangiarmi tutto. Perché avevo pensato che condividere le mie paure sarebbe stato positivo?

A nessuno importava di me o delle mie preoccupazioni. Ero solo al mondo, ed era così che mi piaceva stare.

Quando raggiunsi il marciapiede e svoltai a destra per trovare un posto in cui chiamare un taxi che non fosse proprio all'esterno della casa di Ben, avevo già deciso di darci un taglio con lui e la sua reazione eccessiva.

Il miglior sesso che avessi mai fatto non era abbastanza perché io stessi con uno così.

Che se ne andasse a fare in culo.

Capitolo 13

BEN

«Benton Isaiah Worthington!»

Rabbrividii quando il nome echeggiò nella via ancora tranquilla. Avevo pensato di sfuggire alle mie zie scappando prima delle sei del mattino.

«Perché fai andare a letto presto le scaltre signore anziane per poi farle e alzare ancora più presto?» chiesi a Dio mentre mi voltavo ad affrontare zia Glenna che arrivava infuriata lungo il vialetto. Dio rimase in silenzio. Come aveva fatto per tutta l'ultima settimana. Avrei voluto poter dire lo stesso per le mie prozie e mio nipote.

«Stai di nuovo andando a correre?» Si fermò esattamente di fronte a me, scrutandomi con quei furbi occhi marrone dalle scarpe da jogging fino ai calzoncini e alla mia vecchia maglietta strappata del Washington.

«No, esco a dipingere un murale.»

«Non fare il saputello con me, giovanotto. Posso ancora prenderti a frustate sul didietro senza l'aiuto di

Dio,» ribatté zia Glenna agitandomi un dito sotto il naso.

«Mi spiace, signora.»

«Mmm, meglio per te. Lo sai che non puoi scappare dalla tua maledetta idiozia.»

Chiusi gli occhi e inalai una profonda boccata di aria cittadina.

Signore Gesù Bambino, puoi per favore togliermi la famiglia dal groppone riguardo a Max? Ne ho davvero sentite abbastanza. Puoi fare ammutolire le due vecchiette? Magari solo per una o due settimane? Giusto il tempo di rimettermi in piedi e provare a ricomporre il mio cuore infranto. Amen.

«Mi cercavi per qualcos'altro oltre che per darmi del maledetto idiota?»

«Qualcuno deve pur evidenziare che razza di maledetto idiota tu sia.»

Alzai gli occhi al cielo.

Qualcuno in ascolto lassù?

Nessuna voce tonante si udì dal cielo limpido. Solo cani e traffico.

«Okay, be', sei due a zero su zia Carol per oggi. Volevi qualcosa?» Incrociai le braccia sulla maglietta del Washington sbrindellata, ansioso di andarmene.

«Ho bisogno che mi compri dei cerotti.» Frugò nella vestaglia, ben più sotto di dove avrebbero dovuto trovarsi le sue tette, e tirò fuori due banconote da un dollaro.

«Cerotti. Perché hai bisogno di cerotti alle sei del mattino?» Rifiutai di accettare i soldi tettosi quando cercò di ficcarmeli in mano.

«Forse mi sono tagliata.»

Giusto. Bene. Ne avevo bisogno in quel preciso momento? No, decisamente no. «Pensavo di andare nella direzione opposta. Stai perdendo molto sangue? So come preparare un laccio emostatico.»

«Non fare il furbacchione con me, Benton. Mi devo depilare le gambe. Non lo faccio da quest'inverno e voglio mettermi i calzoncini alla manifestazione per i diritti degli elettori nel fine settimana.»

«Signore mio,» sospirai, spronato a muovermi dal pensiero delle sue gambe pelose e da dove diavolo aveva tenuto nascoste quelle banconote. Quel genere di pensieri doveva essere annichilito prima possibile. «D'accordo, andrò nella direzione opposta a quella in cui intendevo andare in modo da potermi fermare alla farmacia di Mike a comprarti i cerotti. Non potrei sopportare di vederti sanguinare da una ferita inflitta da uno di quei rasoi rosa per signore.»

Lei annuì. «Immagino tu non sia del tutto un maledetto idiota. È sempre saggio fare quello che ti dicono di fare i tuoi vecchi.»

Al che, prese i soldi tettosi e se ne tornò sinuosa verso casa, fermandosi a urlare contro qualcuno che andava troppo veloce.

«Signore, dammi la forza.»

Invece che a nord, mi diressi a sud, instaurando un buon ritmo di corsa. Avevo pensato di portare Bucky, ma faceva già troppo caldo per un cane nordico. Non era stato contento di tornarsene nel suo recinto, ma stavo cercando di essere un bravo papà canino. Era l'unica cosa che avessi nella mia vita. Di nuovo.

Perché mi aveva mentito? Max del cazzo. Perché?

Quando aveva avuto tutto il tempo del mondo e sapeva – *sapeva* – quanto fosse stato terribile per me perdere Liam. Quel bastardo se n'era stato seduto lì a sentirmi parlare dell'agonia del lutto, di quanto avessi desiderato morire per l'enorme sofferenza di aver perso l'uomo che amavo. Era rimasto steso accanto a me, a stringermi, mi aveva raccontato cazzate per calmarmi, mi aveva fatto innamorare di lui, e per tutto il tempo aveva avuto quella cosa nella testa. Quella cosa che avrebbe potuto portarmelo via senza preavviso. E non aveva mai detto una parola. Neanche una.

Dovetti fermarmi all'angolo per togliermi dagli occhi sudore e lacrime e rimasi lì, a scuotere le mani e camminare su e giù cercando di ricacciare giù la rabbia e il dolore di quella delusione.

Il traffico si fermò. Attraversai l'incrocio correndo, madido di sudore, incapace di permettere alle endorfine dell'esercizio fisico di cancellare Max. Nulla ci riusciva. Né la corsa, né il lavoro. Max era ovunque, dietro ogni angolo, in ogni stanza della mia casa. Il suo odore era sul mio letto, il suo rasoio e lo spazzolino sul ripiano, e qualche suo vestito ancora in fondo al mio cesto della biancheria.

Quattro isolati più in là, rallentai e feci stretching fuori della farmacia di Mike. Speravo di non puzzare troppo per entrare. In ogni caso, entrai rapidamente nella farmacia, che aveva appena aperto, quindi c'era a stento qualche cliente, per comprare una scatola di cerotti e già che c'ero feci una puntata al reparto per cura dei capelli e presi una confezione di shampoo e balsamo a idratazione intensiva. Al profumo di miele e frutti di bosco, il mio preferito. Avevo finito lo shampoo il giorno prima. I miei capelli non sopportavano i lavaggi frequenti – di solito lo facevo una volta a settimana e poi li inondavo di qualche tonico altamente ricostituente – ma correre quotidianamente significava che dovevo lavarli sotto la doccia. Intendo che *dovevo* proprio. Al diavolo i capelli secchi, dopo una corsa mi sentivo la testa disgustosa.

Mentre aspettavo in coda che aprisse la cassa pregando di non puzzare come Pig Pen, ripensai alla mattina che Max aveva usato il mio shampoo e il mio balsamo. I capelli gli erano rimasti flosci sulla testa, viscidi e un po' unti nonostante i numerosi risciacqui.

«Potresti aver bisogno di una sistemata ai capelli,» avevo scherzato, poi lo avevo fatto rotolare di nuovo nel letto per un bel bacio lungo e una seduta di coccole. Il ricordo di quel momento mi trapassò come una lancia.

Ci volle un secolo prima che arrivasse il mio turno. Uscire dal freddo della farmacia nel calore di una giornata d'estate cittadina mi tolse il fiato. O forse era il ricordo di giorni migliori ad avermi tolto del tutto il fiato. Gettai un'occhiata sul lato opposto della strada e vidi la chiesa battista della Rosa di Beulah. Il cellulare mi vibrò nella tasca posteriore dei calzoncini. Estraendolo con il sospetto che fosse una zia con un altro bisogno farmaceutico, per poco non mi cadde di mano quando vidi che si trattava di un messaggio di Max. Era da dieci giorni che non ci parlavamo. I Railers e i Raptors avevano vinto una partita ciascuno. Io non le avevo guardate, DK sì. Non potevo guardare Max in televisione e restare calmo, freddo e controllato. DK era furioso perché non avevo voluto dirgli il motivo della rottura tra noi e devo dire che era in buona compagnia tra le mie zie e la maggior parte dei miei impiegati.

Sono un maledetto stupido.

Rilessi le parole un paio di volte, sperando che apparisse come per magia un contesto capace di fare luce su ciò che intendeva. Voleva dire che era stato stupido a venire a letto con me? Era un modo per iniziare una litigata? Che senso aveva scrivermi una cosa del genere? Il mio pollice si soffermò sul tasto di cancellazione, a prima che potessi fare qualcosa lampeggiò un altro messaggio.

Mi sei mancato.

«Anche tu mi sei mancato,» mormorai, mentre il sudore mi scivolava nell'occhio e lo faceva lacrimare.

Non sapevo se dovessi rispondere o no. Odiavo quell'uomo. Lo odiavo? Be', forse odio era una parola grossa. Ce l'avevo a morte con lui, quello sì. Ero furioso. Livido. Arrabbiato da morire per il modo noncurante con cui aveva omesso una notizia tanto importante da ogni singola conversazione che avevamo avuto. Di opportunità ce n'erano state in abbondanza, e lui non aveva mai detto un cazzo. Faceva male, inutile negarlo. La verità era che non riuscivo a spiegarmi come si potesse andare a letto con qualcuno, mangiare alla sua tavola, farci l'amore, andare sulla Torre dei Baci, eppure non avere la decenza di dire: «Ehi, Ben, ho avuto questa cosa nella testa e potrebbe tornare e uccidermi. Pensavo solo che dovessi saperlo prima che ti innamorassi perdutamente della mia stupida faccia di culo.»

Io amavo la sua stupida faccia di culo, però. E il suo

sorriso, e il modo in cui mi faceva ridere e poi urlare di passione. Amavo persino che pensasse di sapere cosa significasse ballare bene, quando era chiaro che non ci capiva nulla. Ruotai su me stesso in cerca di una direzione da prendere, o un segnale. Qualcosa che mi guidasse, perché ero più confuso e spaventato che mai. Mi faceva male l'anima. Poi, un dolore tagliente e acuto mi lacerò il fianco. Strizzai le palpebre con un gemito, l'agonia era tale – ricordo o crampo, difficile distinguere cosa fosse davvero – che premetti la mano all'altezza della milza e approfittai di una pausa nel traffico per strascicare i piedi fino all'altro lato della strada. Forse una pausa all'ombra dentro la chiesa mi avrebbe aiutare a placare la mente.

Le porte erano aperte, come sempre dalle cinque del mattino. L'interno era buio, fresco, e dai banchi lucidati di recente si levava un profumo di cera al limone. Era buffo, ma ogni volta che sentivo odore di lucido per mobili al limone, pensavo a Dio.

Con il fianco ancora percorso da uno spasmo, mi lasciai cadere sul banco più vicino. Respiravo a fatica, mi sentivo stranamente perso e spaventato. Il messaggio di Max non aveva ancora ricevuto risposta. Usai l'orlo della maglietta per asciugarmi il viso dopo aver posato il sacchetto della farmacia sulla panca al mio fianco. Finito di tamponarmi le guance e la fronte, fissai lo sguardo sul pulpito davanti a me. Era di quercia e affiancato da due fioriere. Quel giorno erano vuote, ma la domenica successiva sarebbero state strabordanti di colore. Dietro le fioriere e il pulpito si trovava una grande croce di legno, marrone scuro, vecchia come le mie prozie. Restai seduto per un tempo infinito a fissarla e a pregare Dio affinché mi aiutasse a uscire dal casino in cui era piombata la mia vita. Se non poteva offrire una guida, che ne pensava di limitarsi a un cartello o una risposta?

«Ben, hai scambiato la mattina con il pomeriggio?» chiese il pastore Bert dal retro della chiesa. «Le prove del coro sono alle sette *di sera*.»

Mi sorrise mentre oltrepassava il suo pulpito e percorreva la navata.

«No, signore, avevo solo bisogno di qualche consiglio.»

«Ah, be', è al Signore che mi rivolgo quando mi sento perso.»

Sospirai. «È piuttosto silenzioso.»

«Ho scoperto che è un tipo di poche parole. Forse potresti dire a me cosa ti turba.»

Lanciai un'occhiata al mio pastore, poi di nuovo alla croce. «Cosa sa?»

«Be', so che tu e Max state attraversando un periodo difficile, ma nessuno è riuscito a farti dire in cosa consistano queste difficoltà. Anche se le tue zie mi hanno raccontato qualcosa.»

Feci un sorrisino. «Chiacchierone.»

«Sono preoccupate per te. Ma sì, sono anche delle chiacchierone.» Ridacchiò e sedette sul banco, facendo scricchiolare il legno.

«Voglio che resti tra noi,» iniziai.

«Ovviamente.»

Mi diede una pacca sulla schiena sudata e io iniziai a parlare. Immagino che fosse la punizione per aver detto che le mie zie non stavano mai zitte. Parlai e parlai e parlai, e il pastore Bert ascoltò. Quando rimasi a corto di parole, chiusi gli occhi e scivolai più giù sul banco, mentalmente e fisicamente esausto.

«Mi sembra che tu e Max siate entrambi bloccati dalla paura.»

«Mi ha mentito.»

«Perché era spaventato. E tu lo hai buttato fuori perché sei terrorizzato dall'idea di perdere un altro uomo che ami.»

Con la testa poggiata allo schienale del banco, aprii gli occhi e fissai il liscio soffitto bianco.

«Non posso rifarlo, pastore. Non posso dare tutto me stesso a un uomo e poi aspettare che muoia. Semplicemente… non posso.» Sentivo le lacrime scivolarmi sulle guance e nelle orecchie.

«So che è dura affrontare questo tipo di paure. Ma non devi arrenderti a loro. Se lo fai, non sarai in grado di parlare al tuo cuore.»

Piegai la testa verso sinistra per fissarlo. «Era tratto dalla Bibbia?» La mia conoscenza delle sacre scritture era piuttosto debole.

Il pastore Bert sorrise. «No, è una delle mie citazioni preferite da Paulo Coelho, ma non dire a Dio che non sto usando la sua parola per consigliare una delle mie pecorelle. Potrebbe licenziarmi.»

A quel punto risi. Forte.

«Pensa che Max sia il mio cuore?» chiesi usando il dorso delle mani per asciugarmi il viso.

«E tu pensi che Max sia il tuo cuore?»

Annuii e mi drizzai a sedere.

«Allora dovrai accantonare la tua paura in modo da poter ascoltare ciò che il tuo cuore ha da dire.»

Aveva senso. Però mi terrorizzava l'idea di rispondere a quel messaggio.

«Grazie,» dissi mentre il pastore Bert si alzava in piedi.

Mi posò la mano sulla spalla e sorrise. «Se hai bisogno di me, sto tornando nel mio ufficio a prendere il caffè.»

Si allontanò con passo tranquillo, canticchiando una canzone che somigliava tantissimo a "Raspberry Beret" di Prince.

Trassi un lungo e profondo respiro, presi il telefono e scrissi a Max.

Anche tu mi sei mancato.

Gli ci volle un momento per rispondere.

Possiamo parlare?

Avrei voluto piangere, ridere e vomitare. L'amore è un sentimento che disorienta, poco ma sicuro.

Mi farebbe piacere. Stasera, al rifugio dopo la chiusura. Le sei?

Sapevo che non c'erano partite quella sera. Ce ne sarebbe stata una il giorno dopo. Rimasi seduto lì con il telefono in mano, a tremare di nervosismo, paura ed eccitazione, mentre aspettavo di sapere se sarebbe stato disposto a parlarmi. Forse… solo forse… avremmo potuto vincere le nostre paure e ascoltare i nostri cuori.

Ci vediamo alle sei. Mi dispiace. Sono una pippa in queste cazzate amorose.

Ingoiai una risata/singhiozzo perché era probabile che Dio mi avesse già sentito piagnucolare abbastanza per una cavolo di mattina. Muovendo lentamente i pollici perché paura e capogiro si erano impadroniti del mio sistema nervoso centrale, digitai l'unica risposta che mi venne in mente.

Anche a me dispiace. Anch'io sono una pippa. Facciamo le pippe insieme.

Max mi rispose con una faccina che strizzava l'occhio e non la capii finché non rilessi il mio messaggio precedente e arrossii fino alla punta dei piedi.

«Scusa, Dio. Non intendevo essere sconcio come potrebbe apparire.» Scivolai fuori dal banco e tornai a immergermi nel calore dell'esterno prima che la chiesa battista della Rosa di Beulah fosse colpita da un misterioso fulmine.

Capitolo 14

MAX

«E?...» chiese Toly con enfasi tirandomi un piccolo calcio al piede senza scarpa.

Sollevai lo sguardo dal telefono per osservare gli uomini allineati di fronte a me. Connor era preoccupato, Ten aveva un'aria tiratissima, Stan se ne stava con le braccia incrociate sul petto e la sua migliore versione dell'espressione intimidatoria. Infine Toly, seduto accanto a me come se pensasse che avessi bisogno di supporto.

E in effetti sì, ne avevo bisogno.

Avevo mandato tutto a puttane. Quando me n'ero andato da casa di Ben, ero deciso a dimenticarlo e destinarlo al gruppo di persone che avevo incontrato, sbattuto e poi lasciato. Non volevo che fosse importante. Non avevo bisogno di lui, né dei suoi ragionamenti complicati sul perché avesse iniziato a odiarmi. Okay, suo marito era morto. Che c'entrava con me? Avevo mentito, o per lo meno omesso tutta la storia del cervello, ma non faceva differenza per la vita sessuale, giusto? Che problema aveva Ben?

Qualunque cosa avessi fatto, chiunque fossi, ormai avevo chiuso con lui.

Poi, il giorno seguente, quando mi ero svegliato, erano cominciati i rimpianti.

All'inizio era stata solo una sensazione di oppressione e il bisogno di parlare con qualcuno. Ma chi? Ero nuovo della squadra e avevo già deciso di non condividere quella storia in pista. Finché, ovviamente, non avevo fatto casino al secondo incontro contro i Raptors, giocando come un robot, infilandomi in tre risse e trascorrendo la maggior parte del tempo sulla panca delle penalità. Avevamo perso e, insieme alla partita, se n'era andato anche il vantaggio guadagnato con la vittoria precedente.

La squadra aveva deciso di affrontare la situazione di petto e non mi aveva più lasciato un attimo in pace finché non avevo inviato quel messaggio. Dopotutto eravamo uomini e l'idea di esprimere i nostri sentimenti a parole ci metteva parecchio a disagio.

«Ci incontriamo stasera,» riassunsi. Ten diede il cinque a Stan, Connor tirò il fiato e Toly mi diede una gomitata.

«Cazzo, meno male,» borbottò Connor. Era pur sempre il capitano e io avevo fatto un casino durante l'ultima partita. Ero fortunato a non essere stato lasciato in panchina.

«Cosa gli dirai?» chiese Toly. Non era una vera domanda, voleva solo che confermassi di aver capito cosa lui mi aveva detto di dire.

Nessuno di loro sapeva il motivo per cui fosse andato tutto storto. Avevo detto loro semplicemente che avevo fatto un casino. Sapevo che era tutta colpa mia. Era ovvio che Ben avrebbe avuto paura, così come era ovvio che si sarebbe preoccupato. Non aveva fatto nulla di male, lui.

«Mi scuserò per essere un cretino e lo implorerò di darmi una seconda possibilità.»

«Esatto,» mormorò Toly.

Ci fu un po' di trambusto fuori dal cerchio e Adler si fece largo a spintoni.

«Allora, è un circolo della maglia privato o può aggregarsi chiunque?»

Era arrivato al momento giusto perché ci scambiammo un sorriso, poi tutti si dispersero.

Lui arricciò il naso. «Cosa mi sono perso?»

«Problemi di uomini,» dissi in tutta sincerità.

Il ragazzone annuì come se sapesse esattamente di cosa stavo parlando. «Ti capisco. Sai che Layton mi ha urlato contro perché non ho rimesso il coperchio al caffè?» Sbuffò come fosse la cosa peggiore del mondo. E forse per lui lo era davvero, ma a me sarebbe piaciuto avere problemi tanto insignificanti.

Era arrivato il mio turno per la fisioterapia. Il ginocchio destro mi dava ancora fastidi. Nulla che non potessi gestire, ma mi faceva sentire ognuno dei miei trent'anni. Ero un veterano e il mio fisico era logoro. Di positivo c'era che mentre mi manipolavano senza pietà, avrei potuto chiarirmi la mente e pensare alle cose che volevo dire a Ben.

Chiamai il dottor Warner appena rientrai nel mio

appartamento, bevendo caffè e ascoltandolo mentre mi parlava di statistiche, preoccupazioni, perplessità, e del fatto che forse mi ero concentrato sugli aspetti negativi più che su quelli positivi.

Armato di quelle informazioni, mi diressi al rifugio e da Ben, chiedendo al tassista di lasciarmi dietro l'angolo. Mi aveva riconosciuto. A volte succedeva, anche se di rado: essere Max van Hellren non era come essere Tennant Rowe. Avevo bisogno di un po' di tempo per schiarirmi le idee dopo aver parlato per quindici minuti della `corsa alla Coppa, così mi appoggiai al muro. Osservai un'auto rallentare mentre svoltava l'angolo e riconobbi una delle guardie di sicurezza che faceva la sua ronda alla scadenza della mezz'ora. Mi salutò con un cenno della testa e io ricambiai alzando appena la mano. Qualcuno teneva d'occhio l'uomo che amavo, pensai sentendomi rassicurato.

Ben capirà. Mi perdonerà. Lo amo.

Continuai a ripetermi quelle parole, e alla fine mi sentii pronto per affrontare la realtà. Erano le cinque e cinquantasette minuti esatti.

Mi stava aspettando vicino al cancello laterale aperto, e al diavolo le telecamere di sicurezza, lo trascinai tra le mie braccia e lo tenni stretto.

«Mi dispiace,» dissi con la bocca contro il suo collo. Mi allontanò piano, poi mi baciò. Non con forza o desiderio, bensì dolcemente, sussurrando parole che non riuscii nemmeno a sentire.

Venne il mio turno allontanarlo.

«Dobbiamo parlare,» dissi.

Afferrandomi la mano mi tirò dentro, poi chiuse il

cancello e mi condusse nell'area degli uffici. C'era silenzio, a parte il russare sommesso dei cuccioli addormentati. Li controllammo, poi Ben preparò il caffè senza dire un'altra parola finché non fummo nel suo ufficio, seduti uno di fronte all'altro sul divano malandato.

«Mi dispiace...»

«Volevo dire...»

Iniziammo a parlare nello stesso momento e finimmo per ridacchiare tra noi.

«Prima tu,» lo incoraggiai.

«Ti amo,» cominciò semplicemente. «Non voglio perderti.»

«Neanch'io voglio perderti.»

«Non sono io quello con la testa rotta,» disse, e sorrise ironico.

«Oggi ho parlato di nuovo con il mio medico e gli ho chiesto di spiegarmi ancora una volta le statistiche, le possibilità e le probabilità. Prima ero così concentrato sugli aspetti negativi che non ascoltavo mai le parti in cui diceva che avrei anche potuto non avere più problemi. Ma...» Dovevo essere sincero. «Esiste una possibilità che abbia un'altra emorragia e potrebbe verificarsi un ictus, oppure potrebbe fermarsi il cuore, o, merda, la lista di orrori è lunga.»

Mi studiò attentamente. «L'hockey non aiuta, vero?»

Eccolo là. Il nocciolo della questione. Il pericolo in cui mi mettevo ogni volta che scendevo in pista. Era un rischio accettabile per fare ciò che mi piaceva. Diamine, avrei anche potuto asserire con certezza che era l'adrenalina della rissa a farmi tornare ogni volta sul ghiaccio. Ma ormai il rischio non era più accettabile, perché avevo qualcosa per cui lottare.

«Per me l'hockey è tutto,» cominciai. Avevo provato quella parte fino all'ultima parola. «Avevo tre anni quando ho allacciato i miei primi pattini e stretto in mano il mio primo bastone. L'hockey mi scorre nel sangue e l'obiettivo di tutta la mia vita è stato arrivare all'NHL. Sono bravo. Più che bravo… sono nato per pattinare.» Ben allungò la mano e strinse la mia mentre cercavo di fargli capire perché avessi preso la mia decisione. «In cima a tutto c'è la Coppa. È stato il desiderio di poterla vincere a definire tutta la mia esistenza. Altre cinque partite, forse solo tre, e potrei stringere tra le mani il suo peso scintillante. Non posso deludere la mia squadra. Non posso allontanarmi dall'hockey. Però ho conosciuto te e adesso sei diventato tutto per me.»

Mi interruppi e abbassai lo sguardo. Non riuscivo a guardare l'emozione nei suoi occhi scuri senza sentire un groppo in gola. Stavo ammettendo che, per quanto provassi dei sentimenti per lui, per quanto lo amassi, dovevo terminare l'altra parte della mia vita prima di poter costruire qualcosa insieme.

Mi strinse la mano e sollevai gli occhi. Non sembrava arrabbiato, o rassegnato… se mai, nella sua espressione c'era comprensione.

«Non odiarmi,» supplicai.

«Ti amo,» ripeté Ben. Poi si portò la mia mano alle labbra e posò un bacio sulle nocche sfregiate. Era importante quel bacio. Forse era una promessa, di sicuro era un dono.

«Massimo altre cinque partite e ho finito.»

«Poi cosa farai?»

Mi chinai verso di lui e lo baciai, con la stessa dolcezza con cui mi aveva baciato lui. «Poi trascorrerò il resto della mia vita a escogitare i modi migliori per amarti ogni giorno.»

Allora ricambiò il mio bacio e io capii che avevamo trovato un terreno comune su cui cominciare a costruire. Che altro poteva desiderare un relitto di trentenne dall'uomo di cui si era innamorato?

All'inizio il rumore che penetrò il silenzio dei nostri baci parve senza importanza, poi Ben mi spinse via e io impiegai forse un secondo in più per seguirlo di corsa fuori dell'ufficio. Sentii l'odore nell'aria prima che lo raggiungessimo. Fuoco.

«Chiama il 911!» gridò Ben, e mi misi a cercare il cellulare per comporre il numero e segnalare l'incendio mentre Ben scompariva tra il fumo.

I cuccioli.

Non indugiai neanche un attimo: seguii Ben e lo trovai mentre prendeva in braccio i cuccioli nei recinti, cercando di radunarli quando loro pensavano che stesse giocando. Me ne porse tre.

«Uno dei recinti all'esterno,» ordinò. Ubbidii e corsi quanto più veloce possibile fino ai recinti esterni, ficcando i cuccioli nel primo che vidi vuoto. Ben era dietro di me con altri quattro in braccio. Poi, tornati dentro insieme, salvammo i restanti. Chiudemmo la porta per cercare di impedire all'incendio di diffondersi e ci concentrammo per capire cosa fare dopo. L'incendio stava divampando: al momento era contenuto all'interno dell'edificio che ospitava degli uffici, ma le prime gabbie e il deposito non erano molto distanti. Se il fuoco fosse riuscito ad attaccarli? Afferrai l'estintore e lo puntai sulle fiamme, collocandomi tra il fuoco e le gabbie, come se potessi fermare l'incendio con la mia sola presenza.

Dovevo impedire alle fiamme di raggiungere il resto del rifugio. Non avevo dubbi che Ben si sarebbe gettato tra le fiamme per salvare i suoi animali.

A un certo punto l'estintore si svuotò. Forse ero riuscito a rallentare le fiamme, forse no: non ero in grado di dirlo. Ben stava lottando sotto il peso di un enorme mastino e corsi ad aiutarlo. Stava svuotando le gabbie più vicine e spostando i cani, ma se il fuoco si fosse diffuso?

Poi lo vidi.

Li vidi.

Nello stesso istante di Ben, che rimase di sasso accanto a me.

Rolf. DK era in piedi di fronte a lui con le mani alzate e la faccia insanguinata. Mi feci avanti e andai a mettermi tra Ben e Rolf, che aveva le labbra piegate in una smorfia.

«DK?» sentii dire da Ben.

«Mi spiace, Ben, mi ha costretto a...»

«Farlo bruciare,» disse Rolf, e spinse DK in avanti. «Far bruciare ogni cosa.»

Tornò a spingere DK e il ragazzo mi caracollò addosso.

«Tornate tutti dentro l'ufficio.»

Alle nostre spalle il fuoco crepitava e i soffitti

cedevano. Voleva che tornassimo là dentro, ma nessuno di noi aveva intenzione di farlo.

Agitò un'arma nella nostra direzione e alla luce delle fiamme i suoi occhi risplendevano di follia. «Dentro quei fottuti uffici. Potete bruciare tutti per quello che mi riguarda.»

Con la coda dell'occhio vidi Ben scostarsi di un passo. Cosa aveva in mente?

Mi mossi di nuovo, assicurandomi di rimettermi proprio davanti a Ben e DK. Ero più grosso e un'arma non mi spaventava. Nulla mi spaventava nella foga del momento.

«Muovetevi!» gridò Rolf. Avanzò verso di me e io non ci pensai nemmeno un momento. Non avevo intenzione di stare lì e lasciare che le cose mi accadessero, *ci* accadessero, perciò mi lanciai in avanti e usai tutto il peso del mio corpo per sbattere a terra quel bastardo, che cadde con la facilità di un novellino su un paio di pattini nuovi. Lo inchiodai con l'arma tra di noi e lottai per strappargliela, afferrando e graffiando ogni centimetro di pelle nuda, sordo alle sue imprecazioni.

Nessuno poteva minacciare ciò che amavo.

Era sorprendentemente forte. Inarcava la schiena sotto di me e a un certo punto riuscì anche a liberare l'arma, agitandola all'impazzata. Gli schiacciai la mano a terra e nello stesso momento sentii un grido e uno scoppio. Riuscii a fargli allentare la presa e mi scostai, raccogliendo la pistola mentre rotolavo e mi mettevo in ginocchio, puntandola contro di lui.

«Non ti muovere, stronzo,» urlai sopra il fragore del fuoco e delle sirene.

Le sirene, grazie al cielo.

Lanciai un'occhiata a Ben, inginocchiato a terra con una mano sul braccio, mentre DK cercava di aiutarlo a rimettersi in piedi. Da quel momento fu il caos.

Qualcuno mi tolse l'arma, un'altra persona mi aiutò a mettermi in piedi e mi chiese cosa fosse successo, ma per tutto il tempo continuai a fissare Ben e il sangue sulla sua camicia bianca. Era ferito.

Mi feci largo fino a lui, ignorando la gente che gridava alle mie spalle.

«Che è successo?»

«La pallottola lo ha sfiorato,» spiegò DK mentre spingevo per avvicinarmi a loro. L'arma? Una pallottola? Ero stato io. Il rimorso fu come acido nella mia bocca. Poi lui fece una cosa incredibile: si limitò a sorridere.

«Grazie,» disse.

«Ti ho sparato io,» dissi d'impulso.

«Mi ha sparato Rolf... teneva lui l'arma.»

«Stai... Posso...» Avevo perso la capacità di parlare, poi fu troppo tardi, con il capitano dei vigili del fuoco che parlava con Ben, i volontari arrivati per i cani, e all'improvviso mi ritrovai da solo accanto al cancello.

«Lo abbiamo sui video,» disse qualcuno al mio fianco.

Mi voltai. Era lo stesso uomo che avevo visto fare la ronda in auto. Avrei voluto scuoterlo. Come aveva fatto Rolf a sfuggirgli?

Sollevò una mano quasi sapesse cosa stavo per dire. «Abbiamo visto l'arma puntata sul nipote del proprietario e abbiamo chiamato i rinforzi.»

Non riuscivo ad ascoltarlo, non riuscivo ad ascoltare una parola e andai a cercare Ben.

Lo trovai con i cani, a parlare con un DK visibilmente scosso, e lo abbracciai da dietro.

«Cosa posso fare?»

Si voltò nella mia stretta e c'era tristezza nei suoi occhi. «Non so da dove cominciare.»

«Dovresti andare in ospedale,» sentii dire alla mia voce, ma sapevo che non lo avrebbe fatto.

«Devo assicurarmi... I cani...»

«I cani e i gatti stanno bene.» Gettai un'occhiata al suo braccio, alla macchia rossa che si allargava sulla manica e alla chiazza viscida di sangue fresco sul suo avambraccio.

«Ci andrò più tardi.»

«*Ben.*»

«Ti giuro che ci andrò più tardi. È solo un graffio.»

Di certo quel maledetto graffio stava sanguinando. Però smisi di discutere con lui. Mandai DK a cercare un kit di primo soccorso per occuparsi di suo zio mentre io fornivo ogni tipo di assistenza che mi era possibile.

Rimasi con lui e lo aiutai, odiando la preoccupazione che gli leggevo negli occhi, guardandolo muoversi maldestro per lo shock e riconoscendo la tensione sulle sue spalle. Non pensai neanche una volta all'hockey.

Come c'era da aspettarsi, le conseguenze arrivarono il mattino dopo. Ero stato sveglio per la maggior parte della notte a lavorare con Ben, cedendo finalmente al sonno nella sua auto alle cinque, mentre lo ascoltavo parlare delle sue paure per il futuro.

Avrei voluto dirgli che gli avrei comprato il futuro, che avevo abbastanza soldi da aggiustare tutto, ma non era il momento giusto.

Il mio cellulare iniziò a squillare subito dopo le sette. Connor. E Ten poco dopo. Poi Stan, che lasciò un ingarbugliato messaggio che non compresi sui cani con i denti. Richiamai Connor, e loro sapevano. Tutti avevano saputo dell'incendio dai notiziari.

«Dove sei?»

«Al rifugio.»

«Stai bene? Hanno detto che hai affrontato un uomo armato.»

«Sto bene.»

«E il fatto che abbiano sparato a Ben?»

«Una ferita superficiale.»

Non volevo parlare. Ero esausto e avevo bisogno di dormire. Ben aveva bisogno di dormire e di cure mediche. Gli animali avevano bisogno di stare al sicuro e il rifugio andava ricostruito.

Connor si schiarì la voce. «Il coach ha deciso di tenerti in panchina stasera.»

Sapevo che lo avrebbe detto: me lo aspettavo. Solo Dio sapeva che razza di prestazione di merda avrei dato in pista con tutto quello che era successo.

«Okay.» Non intendevo negarlo.

«Voglio che torni, Max,» disse Connor. Non lo stava ordinando, né stava cercando di convincermi. Semplice e diretto, stava affermando un dato di fatto. «Alla prossima partita.»

La partita successiva si sarebbe tenuta due giorni dopo. Desideravo l'hockey più di quanto volessi aiutare

Ben? Aprii bocca per spiegare che ero confuso, ma Ben mi strappò il telefono di mano.

«Pronto, chi parla?» chiese. Poi annuì e ascoltò ciò che Connor stava dicendo. «Sì, ci sarà.» Poi mi guardò mentre terminava la conversazione. «Mi assicurerò che ci sia, perché i Railers devono vincere una coppa.»

Capitolo 15

BEN

Il problema dell'essere autoritario è che, di solito, ti torna indietro. Motivo per cui, in quel momento, ero seduto in un minuscolo stanzino del pronto soccorso alle sei del mattino a farmi suturare il braccio. Max si era imposto e aveva chiamato un taxi, nonostante ci fossero da svuotare i canili e un gattile. Tutti gli animali del Crossroads avevano dovuto essere trasferiti o portati a casa dal personale e dai volontari. Alcuni dei cani più anziani erano stati gentilmente ospitati dagli impiegati, ma gli altri erano ormai in viaggio verso altri rifugi. Una cosa che avrei dovuto monitorare io, considerato che ero il direttore. Invece no. Mr. Braghe da Hockey si era fatto esigente e assillante come un fidanzato o roba del genere. Era piuttosto carino, ma non avevo intenzione di dirglielo.

Perciò, eccomi a distogliere lo sguardo dai punti che mi mettevano al bicipite. Meglio guardare Max seduto su un'orrenda sedia e intento a girarsi tra le mani una tazza di caffè. Nonostante la fuliggine, la puzza di fumo e la stanchezza che lo invecchiava, restava ancora un bel bocconcino. Uno spettacolo d'uomo che per poco non avevo perduto.

«Non ha ancora finito?» gli chiesi quando sentii un piccolo strattone.

Max inclinò il capo per sbirciare oltre il medico del pronto soccorso. «No.» Strizzai forte le palpebre.

Lui continuò a parlare: «Una volta mi hanno messo quarantadue punti sulla fronte. La lama di un pattino. Proprio qui.» Gli diedi un'occhiatina mentre indicava una cicatrice proprio vicino all'attaccatura dei capelli. «Sono tornato fuori e ho giocato il resto della partita. Il miglior terzo tempo che abbia mai fatto, in termini di colpi.»

«Mi sembrava di conoscerla in effetti,» disse il medico. Lui e Max iniziarono poi a chiacchierare di hockey. Io rimasi seduto lì, con la testa che girava come una trottola, la stanchezza che mi pesava addosso come un'incudine.

La ferita venne curata, fasciata, ma io ero ancora fiacco, mentalmente incapace di entrare in connessione con alcunché a parte il fatto che mi avevano sparato. Insomma, già sapevo che mi avessero sparato, perché quel buco del cazzo bruciava come il diavolo, ma c'era stato l'incendio e la polizia e l'organizzazione del trasferimento per cani e gatti e… e…

«Ben?» Sollevai lo sguardo dalle mie mani tremanti e insanguinate per vedere Max che si alzava dalla sedia con il viso trasformato in una maschera di preoccupazione. «Devo far rientrare il dottore?»

«No, è solo che…» Mi asciugai le guance bagnate

con la mano destra, accorgendomi solo in quel momento delle lacrime. «Voleva uccidermi. Insomma… cosa ho mai fatto a quell'uomo a parte amare suo fratello? Dio mio.»

«Sono qui.»

Ed era vero. Mi prese tra le braccia e mi tenne mentre tossivo, piangevo e cercavo di dare un senso a quell'orribile crimine d'odio. Rolf aveva puntato un'arma contro suo figlio. Suo figlio! Aveva appiccato un incendio al mio rifugio, aveva minacciato di ucciderci tutti, e per cosa? Per una fettina di proprietà? Certo, quel terreno aveva un po' di valore, ma non tanto quanto pensava lui, ne ero sicuro. Cioè, dai, che cazzo di ragionamento era? Erano stati l'odio e l'avidità a istigarlo a compiere una violenza tanto ributtante?

«Sono qui,» continuò a sussurrare Max, accarezzandomi la schiena in cerchi concentrici.

Gli affondai il viso nel collo e mi aggrappai a lui finché non finii le lacrime. Ero talmente scosso e turbato da non provare nemmeno vergogna per il pianto. Poi Max entrò in modalità guardia del corpo e parlò in mia vece con il medico del pronto soccorso, gli promise di fermarsi a prendere la ricetta per gli antibiotici e gli antidolorifici e mi disse dove dovessi firmare per essere dimesso, prima di camminare al mio fianco fino al taxi in attesa. La mia Jeep era ancora al rifugio. La madre di DK era venuta a prenderlo e con ogni probabilità non gli avrebbe mai più permesso di venire a trovarmi. Rolf era nel carcere della contea in attesa di cauzione, probabilmente intento a parlare con qualche viscido avvocato per accelerare il rilascio.

Il tragitto verso casa fu una nebbia confusa sul sedile posteriore di un taxi. Max andò alla farmacia di Mike a ritirare le mie medicine, pagò il tassista, dirottò le mie agitate zie in cucina, poi tornò per aiutarmi a salire le scale, con Bucky alle calcagna, eccitato di stare fuori dal suo recinto.

«Mi piace questa cosa alla Whitney Houston e Kevin Costner che stiamo facendo,» scherzai mentre mi toglieva la camicia insanguinata e la ferita iniziava a pulsare al ritmo del mio cuore.

«Spero tu sappia cantare meglio di come balli. Sdraiati e dormi. Raggiungo le tue zie, metto fuori il cane, poi mi schianto accanto a te.»

«Okay.» Non avevo abbastanza energia per aggiungere altro. Mi diede un bacio sulla guancia, e tirò le coperte sul letto, aspettando lì accanto finché non entrai sotto le lenzuola cercando di mettermi quanto più comodo possibile, considerato che mi avevano sparato.

«Ben, sono qui vicino. Sarai al sicuro. Dormi.» Mi sfiorò la mascella con le dita e Bucky mi leccò il viso. Poi Max spense la luce e chiuse le tende. Lo sentii chiamare piano il cane. Poi più niente.

A un certo punto credo di essere stato svegliato per prendere qualche pillola, poi di nuovo calore su entrambi i lati del corpo: uomo a sinistra e cane a destra. Quando mi svegliai, avevo di fronte il mio cane. La coda di Bucky martellò le coperte non appena aprii gli occhi. Il che mi fece sorridere. Come avrebbe potuto essere altrimenti?

«Ehi, Soldato d'Inverno.» Allungai la mano per accarezzarlo e feci una smorfia. Ahia. Cavolo, le ferite superficiali fanno male di brutto. Bucky saltò giù dal letto e corse in cerchio abbaiando, poi risaltò su mentre mi sforzavo lentamente di tirarmi a sedere. Sentii un passo pesante salire le scale. Max irruppe nella stanza neanche avesse Satana a mordergli i talloni, con i begli occhi spalancati.

«Perché abbaia?» chiese. Bucky guaì un saluto al mio amante, poi si buttò accanto a me.

«Immagino sia felice che mi sia svegliato.»

Max sospirò di sollievo con tutto il corpo. «Mi ha spaventato. Pensavo... Be', pensavo fosse successo qualcosa o qualcuno...» Allontanò quel pensiero. «Non importa. Sembri stare meglio.»

«Già, mi sento meglio, credo.» Lanciai un'occhiata all'orologio accanto al letto. Erano le cinque e cinque. Non c'era da stupirsi che mi sentissi riposato.

«Vuoi qualcosa da mangiare?»

«Tra un po'. Adesso voglio fare una doccia e lavarmi i denti.» Mi alzai e Max arrivò subito. «Sto bene. Davvero. È solo una ferita superficiale,» dissi nel mio miglior stile Monty Python.

Mi avvolse in un abbraccio in cui rimasi tanto, tanto a lungo. Bucky ci annusava le gambe, facendo del suo meglio per intromettersi tra di noi.

«Stupido cagnaccio.» Max sorrise, allungando una mano a grattare Bucky dietro l'orecchio. «Vai a fare la doccia. La cena è pronta. Mangiamo e poi parliamo.»

«Ti amo.» Volevo solo dirlo perché era necessario. Doveva sentirlo. Spesso. Ogni giorno. Diamine, ogni ora, se possibile.

«Anch'io ti amo.» Mi baciò sulla fronte, poi se ne

andò a passo felpato, e Bucky scelse di restare con me mentre facevo la doccia e indossavo un paio di boxer puliti, calzoncini e una canotta morbida. Alzare e abbassare il braccio faceva male. Non ero materiale per gesta eroiche, immagino.

Quando entrai nella mia minuscola cucina, il gigante buono stava mettendo i piatti in tavola. Solo due piatti, ma, santo cielo, ci saranno state venti casseruole sparpagliate sui ripiani. Gli rivolsi uno sguardo disorientato e Max scrollò le spalle.

«La parrocchia della Rosa di Beulah.»

«Be', lo immagino,» mormorai mentre scrutavo le teglie di lasagne, la casseruola del pollo, quella del tonno, riso e fagioli rossi, e maccheroni al formaggio. Torte e crostate erano accatastate accanto alla caffettiera che, Dio sia lodato, era piena di caffè appena fatto.

Max portò una casseruola di tonno a tavola, riempì le tazze di caffè e si sedette di fronte a me. Bucky scivolò sotto il tavolo nel caso una briciola rotolasse sul pavimento.

«Dove sono le vecchiette?» chiesi dopo qualche boccone.

«A casa. Ho chiesto loro di darci un po' di tempo per rimetterci in sesto. Hanno detto qualcosa a proposito dell'idea di organizzare una vendita di torte per il rifugio.»

«Sono gentili. Avremo bisogno di tutti i soldi che possiamo trovare per riparare i danni dell'incendio. La mia assicurazione è... Che c'è? Hai un'aria buffa. È successo qualcosa?»

«Niente di brutto. Il perito dell'assicurazione verrà domani.»

Mi percorse una sensazione di sollievo. «E poi cosa? Si tratta di DK?»

«No, lui sta bene. Ha chiamato da casa di sua madre e vivrà con lei finché non andrà al college a Wiliamsport in autunno. Però passerà a trovarti. Penso che forse sua madre sia un po' preoccupata.»

«Non potrei dire di biasimarla. Non l'ho tenuto affatto al sicuro.» All'improvviso il mio cibo assunse un sapore strano. Accantonai il piatto. «Non ho tenuto nessuno al sicuro. I miei animali, mio nipote, il rifugio che io e Liam amavamo, te.»

«Ehi, ascolta, non hai nessun motivo per sentirti colpa, mi senti?» Allungò il braccio oltre la casseruola per afferrarmi la mano e io spostai lo sguardo dal cibo a lui. Aveva un'espressione molto seria e c'era dolore nei suoi occhi. «Se mai qualcuno è responsabile per ciò che è successo, quello sono io. Avrei dovuto pagare un servizio di sicurezza migliore. Avrei dovuto assicurarmi che il cancello fosse chiuso a chiave quando lo abbiamo attraversato baciandoci. È solo colpa mia, non tua. Tu sei la vittima.»

«Pagato un servizio di sicurezza *migliore*?» Bucky guaì sotto il tavolo e io posai a terra la mia cena per lui, con lo sguardo fisso su Max. «Che vuoi dire?»

Fissò il suo piatto. «Oh, be'. Già. In un certo senso potrei essere io il benefattore misterioso.» Quando tornò a sollevare lo sguardo, il fuoco aveva abbandonato i suoi occhi. Ormai sembrava solo imbarazzato. Era un'espressione accattivante su un giocatore di hockey così ruvido.

Gli rivolsi un sorriso incerto e intrecciai le dita alle sue. Bucky stava ingurgitando rumorosamente la mia cena, e un vento caldo si insinuò dalla zanzariera della porta sul retro.

«Non penso che potrei amarti più di quanto ti ami in questo preciso istante.» Il suo sguardo incrociò il mio e l'emozione che passò tra noi era troppo intensa per poter anche solo iniziare a esprimerla a parole. «Torniamo a letto. Ho bisogno che mi ami e che la tua dolcezza faccia scomparire almeno per un po' il casino del mondo esterno.»

«Sono bravo con la dolcezza.»

Non era una bugia. Era maledettamente bravo con la dolcezza. Mi mise a letto, mi sfilò i vestiti con una cura infinita per il mio bicipite fasciato e mi baciò dappertutto. Baci leggeri e delicati, sul petto e sui fianchi, sotto i piedi e nell'incavo del collo. Languido e perso in un mondo di piacere, gli sussurravo parole dolci mentre lui mi leccava il sesso e me lo prendeva in bocca, sfiorandomi l'interno delle cosce con la punta delle dita. Quando allungai le mani verso di lui, le allontanò piano.

«Stasera è solo per te,» disse, lasciando che il suo amore ci avvolgesse e murasse fuori l'odio che si era insinuato nelle nostre vite. Sentii l'orgasmo montare lentamente.

Quando fui vicino al culmine, mi stinse il pugno attorno all'uccello e cominciò a masturbarmi, mentre ne percorreva tutta la lunghezza con la lingua piatta. Chiusi gli occhi e artigliai le lenzuola. Max succhiò abilmente la punta del mio sesso, percorrendo il resto con un delicato movimento del pugno.

«Ah, pietà,» ansimai scosso da un brivido. Strisciò su di me – per quanto potesse strisciare un uomo della sua taglia – e mi lasciò una tenera scia di baci dalla guancia fino alla bocca. Gli tirai giù la testa e sigillai le nostre labbra, ruotando finché non fummo distesi sul fianco, gli sguardi che si sfioravano e il grosso membro di Max stretto nella mia mano. «Tocca a te.»

«Avrebbe dovuto essere solo per te,» disse lui con voce carica di passione.

«Da questo momento in poi condividiamo ogni cosa,» risposi, sollevando con cautela il braccio ferito da sotto il cuscino mentre lo accarezzavo dalla base alla punta. «Orgasmi e zie ficcanaso.»

Ridacchiò con un bagliore negli occhi dorati. «Per gli orgasmi sono pronto, ma non sono sicuro delle zie ficcanaso.»

«Ormai ti prendi il cento percento di Ben Worthington e della sua vita incasinata. Fa parte di quella faccenda dell'innamoramento.»

Il suo grande corpo tremò. «Mi piace. Persino con le zie ficcanaso e il cane preoccupato alla porta.»

Bucky guaiva in corridoio e il suo annusare sotto la porta della camera fece ridere entrambi.

«Hai accettato l'idea del mio problema alla testa?» chiese. Strofinai il palmo sulla punta del suo membro. «Già, non quella testa. La testa con cui di solito non penso tanto quanto dovrei.»

«Me ne sto facendo una ragione. Detesto la paura,

ma a parte questo, mi sta bene tutto ciò che porti nella mia vita.»

Mai parole più vere erano uscite dalla mia bocca.

A quella partita, Max non era stato convocato. Non ne era contento, ma considerata l'angosciosa situazione che avevamo appena vissuto, era stata una scelta sensata. Per quanto avesse detto di star bene – e se per questo, anch'io – doveva gestire alcune questioni pesanti. Io di sicuro. Ogni rumore forte mi faceva saltare. Qualcuno aveva fatto cadere il coperchio di un bidone della spazzatura al rifugio e io mi ero quasi buttato a terra con le mani sulla testa. Non era stato un momento di cui andare fiero, ma era probabile che gli strascichi di quella sparatoria mi avrebbero perseguitato – come anche per Max e DK – per mesi.

Dato che ero così tanto nervoso, Max ottenne il permesso della squadra per portarmi in tribuna stampa, un'area speciale del palazzetto predisposta per la telecronaca della partita da parte dei media. C'era un sacco di cibo per i commentatori sportivi e gli ospiti. File di quelli che sembravano ripiani utilizzati come scrivanie si affacciavano sul ghiaccio molto più in basso. Computer portatili e giornalisti sportivi riempivano i posti dietro le scrivanie.

Max indossava un abito blu. Io mi ero infilato una felpa sformata verde su una canotta e un paio di comodi jeans neri. Una volta lasciata la pista, potei togliermi la felpa.

Avevo sperato di riuscire a passare inosservato nel

buio, ma i giornalisti si affollarono intorno a me e Max, facendoci quelle che a mio avviso erano fin troppe domande sull'episodio con Rolf.

«Non ci è ancora permesso di parlarne,» rispose Max, facendosi strada tra piccola folla mentre mi guidava fino ai nostri posti. Un giovane di forse vent'anni, con folte onde di capelli castani, ci salutò con un caloroso sorriso e una stretta di mano.

«Papà ha detto che sarebbe stato in tribuna stampa stasera,» disse mentre stringeva prima la mia mano, poi quella di Max.

«Papà?» chiese Max continuando a stringere la mano del ragazzo.

«Oh, scusi. Già, sono Ryker Madsen.»

«Be', ma non mi dire. Il coach parla continuamente di te. Dice che hai capacità fantastiche per l'hockey.»

Osservando Ryker da vicino, riuscii a distinguere alcuni tratti di Jared Madsen in lui.

Ryker arrossì lievemente. «Già, si vanta un po'. Sono bravo, ma neanche lontanamente come Ten.»

«Pochi lo sono,» affermò Max, e nessuno pensò di obiettare. «Questo è il mio ragazzo, Ben.»

«Lieto di conoscerti,» dissi mentre gli stringevo la mano.

Prendemmo posto e guardammo le squadre riscaldarsi in pista. Povero Max. Era evidente che stare seduto lassù lo stesse distruggendo. Mi sentii invadere dal senso di colpa per avergli rovinato la serata. Quella follia con Rolf era stata colpa mia. E lui era solo stato…

«Ehi, non cominciare,» mi sussurrò Max all'orecchio. «Allora, Ryker, com'è la vita al college?»

Il ragazzo sollevò una spalla. «Mah. Era okay. Mi trasferirò in un nuovo campus in Minnesota il prossimo anno. La mia vecchia scuola non era inclusiva come mi sarebbe piaciuto. La squadra e il campus alla Owatonna University sono di prim'ordine per l'hockey e per la mentalità aperta del rettore. Hanno dormitori speciali per studenti LGBT e la squadra è guidata da un coach che è irremovibile sull'inclusività.»

«Il Minnesota è il paradiso dell'hockey. Giocherai contro ottime squadre,» disse Max e il discorso si spostò sull'hockey nei college.

Ryker si allontanò per andare a prendere qualcosa da mangiare e da bere e tornò con cibo sufficiente a sfamare una squadra intera. Il figlio di Jared ce ne offrì un po', poi si tuffò su un enorme vassoio di affettati, focacce e insalate.

«Il ragazzo deve crescere,» sussurrò Max al mio fianco.

Annuii in silenzio. Mi ricordavo quanta roba avesse ingoiato DK quando stava da me. Mi mancava. All'inferno quel maledetto Rolf per tutto il caos e il male che aveva fatto a tante persone. Lanciai un'occhiata a Max e mi accorsi che mi stava guardando preoccupato, perciò accantonai Rolf e la sua cazzonaggine in un lontano recesso della mia mente. Mi rifiutavo di permettergli di rovinare un altro momento della mia vita.

La conversazione con Ryker fluì liberamente. Era un ragazzo affabile: intelligente, divertente e piuttosto affascinante.

Da lassù la partita appariva diversa, i giocatori più

piccoli e più difficili da distinguere. Grazie al cielo il maxischermo era proprio lì, così riuscii a osservare il viso enorme di un famoso cantante che intonava a squarciagola l'inno nazionale mentre mordicchiavo qualche cracker ai cereali e formaggio stagionato.

Lo stadio era animato dall'eccitazione. I tifosi erano tutti rumorosi ed esultanti finché i Raptors non segnarono rapidamente nei primi due minuti della partita. La situazione si fece più pacata, ma gli slogan "Forza, Railers" risuonavano costantemente nel palazzetto affollato. Poi gli atleti dell'Arizona fecero la faccia cattiva e inseguirono Tennant Rowe come iene dietro una gazzella ferita. Lo avevo visto fare con il nostro giocatore di punta a Washington, nonché alla squadra di Pittsburgh. Qualunque attaccante molto abile veniva preso di mira. Butta fuori i tiratori e hai maggiori probabilità di vincere la partita. Ha perfettamente senso, per quanto sia barbarico.

Ten non riusciva a prendere un passaggio né a crearne uno senza avere addosso un difensore che lo strapazzava, lo spintonava e lo picchiava. Nonostante tutte le punizioni fischiate dagli arbitri per agganci, trattenute o bastoni alzati, i Raptors, in particolare un enorme finlandese di nome Aarni Lankinen, continuavano a prendersela con Rowe. Il che faceva infuriare tutti i presenti in pista e l'uomo seduto alla mia sinistra.

«Quei bastardi,» ringhiò Max nel pieno del terzo tempo, quando eravamo sotto per tre a zero, e Tennant aveva appena sanguinato dal naso per l'ennesimo bastone alzato. «Avrei dovuto essere laggiù a proteggere Ten. Il coach mi aveva chiesto di tenerlo al sicuro.»

L'ennesima delusione da aggiungere alla pila di rifiuti creata da Rolf. La partita finì con un gol a porta vuota dei Raptors, un KO per il portiere dell'Arizona, e probabilmente parecchi punti alla radice del naso di Tennant Rowe. Non c'era modo di consolare Max.

«Alla prossima partita quei bellocci li trituro in una fottutissima pappetta,» ringhiò mentre ce ne stavamo seduti in una tribuna stampa deserta a fissare gli Zamboni che uniformavano il ghiaccio.

«Pestali ben bene,» concordò Ryker borbottando.

Capitolo 16

MAX

La rivincita iniziò appena scesi in campo per il riscaldamento prepartita. Nel corso dell'intervista con la stampa nel mio giorno di fermo avevo già ribadito che mi avevano ingaggiato per proteggere Ten e che i nostri avversari non avrebbero avuto alcuna possibilità di trattarlo come avevano fatto durante l'ultimo incontro. Ogni squadra coglieva le proprie opportunità in una fase così avanzata del campionato, ma se doveva scorrere il sangue, allora sarei stato io quello che avrebbe dettato legge.

«Hai un messaggio per loro?» chiese uno dei giornalisti in conferenza stampa. Non so chi fosse, ma ero preparato alla domanda.

Guardai dritto nella telecamera. Sapevo cosa volesse la stampa e di cosa avesse bisogno la squadra, ed ero pronto a darglielo.

«Verrò a prendervi.»

Il momento era arrivato ed ero in pista, intento a disegnare lenti numeri otto sul ghiaccio mentre spingevo oziosamente il dischetto con il sottofondo del basso di Shakira che scuoteva lo stadio e mi avvicinavo sempre di più alla linea centrale, catturando lo sguardo degli avversari e facendo loro sapere che li stavo osservando. Che questa psicologia funzionasse o meno non mi interessava: erano avvisati. Fermai il dischetto e cominciai a farlo rimbalzare a destra e sinistra, proprio lì, al centro della pista, lo sguardo fisso sui Raptors. Un paio dei loro difensori si avvicinò e cercò di contrastare l'azione, ma parliamoci chiaro, ero io quello che aveva qualcosa da dimostrare, e non avevo intenzione di permettere che un qualsivoglia genere di intimidazione mi facesse deviare dai miei propositi.

Quella sera il coach era molto più animato: o era incazzato per la sconfitta all'ultima partita oppure qualcuno gli aveva passato qualcosa da bere. Elencò la formazione: avevo il primo turno di difesa con Ten in attacco. Sapevo cosa dovevo fare.

Durai tre secondi. Perdemmo il primo ingaggio, ma non aveva importanza. Mi feci largo fino a raggiungere Aarni Lankinen e gettai a terra i guanti. Ecco fatto. Con il boato della folla nelle orecchie, avrei ottenuto la mia vendetta e dato una lezione a Lankinen.

Sapeva che sarebbe successo: aveva già posato il bastone a terra e si era tolto i guanti. Era un ragazzone bello grosso, forse un paio di centimetri più basso di me, ma gonfio di muscoli e veloce sui pattini. Nei suoi occhi brillava la scintilla dell'impazienza: lo voleva tanto quanto me. Vincere avrebbe significato mettere fine una volta per tutte alle ritorsioni per ciò che aveva fatto a Ten. Se invece avessi vinto io, avrei fatto giustizia.

Non ci girammo troppo intorno. Gli fui immediatamente addosso, assetandogli un robusto destro-sinistro al viso. Lankinen contrattaccò con un colpo al mento che mi fece schizzare bruscamente la testa all'indietro. Un uomo più debole avrebbe rinunciato o forse avrebbe trascinato Lankinen sul ghiaccio e si gli si sarebbe seduto addosso, ma io ero arrabbiato.

Dispiaciuto e in colpa perché avevo lasciato che prendessero di mira Ten senza essere lì a fermarli, furioso con Rolf per quello che aveva fatto al rifugio e, soprattutto, a Ben, sentivo la rabbia, il dolore e la determinazione ribollirmi dentro come lava. Un pugno assestato nel punto giusto e Lankinen finì a terra, afferrandosi alla mia maglia e trascinandomi giù con a lui. Da quella posizione, con la cortina rossa della furia che ancora mi offuscava i pensieri, tentai di assestare altri pugni, fermandomi solo quando due arbitri e la mia stessa squadra mi tirarono via. C'era sangue sulle mie mani e sangue sul suo viso. Era fatta.

Messaggio inviato.

Mi allontanai da Lankinen steso sul ghiaccio a gambe aperte e, mentre pattinavo fino alla panca per l'inevitabile penalità, passai davanti a Ten e battemmo il pugno. Il ragazzo sorrideva a trentadue denti, anche se stava chiaramente cercando di nasconderlo. Jared non mi disse nulla – nemmeno guardò verso di me – ma mi diede un colpetto sulla spalla quando abbandonai la panca, e questo bastò.

A partire da quel momento, la partita fu nostra e giocammo come invasati. Ben non c'era, aveva troppo da fare al centro e avevo insistito perché non venisse. Non ero sicuro di volere che vedesse la mia sete di sangue.

Vincemmo di tre gol, due dei quali segnati da un Tennant Rowe ancora sorridente.

Eravamo in pareggio alla finale della Stanley Cup: i maledetti Railers erano in pareggio. Mancavano tre partite, e se fossimo riusciti a vincerne due, avremmo potuto essere i fottutissimi campioni.

Tutto ciò di cui avevamo bisogno erano altre due vittorie.

La partita successiva si tenne in Arizona, e quello era l'unico punto bastardo di quella finale: giocare in trasferta significava farsi un volo bello lungo.

Ma sapete una cosa? Ben rimase alzato per quella partita e ci guardò vincere con un esiguo margine di vantaggio a casa dei nostri avversari. Avevamo preso il volo.

Avremmo potuto vincere quella Coppa in casa. Avevamo solo bisogno di un'altra partita.

Entrare nel rifugio era come tornare a casa. Avevo memorizzato il codice per il cancello e non avevo bisogno di suonare per accedere, e nessuno batté ciglio quando mi videro in piedi oltre l'ingresso a fissare quanto era rimasto della palazzina degli uffici.

Ben arrivò a grandi passi verso di me dall'area dei canili, con alcune scartoffie sotto il braccio e un'espressione indecifrabile sul viso.

«Sei stato tu?» e indicò con il pollice gli uomini alle

sue spalle, raggruppati a chiacchierare e ad additare gli uffici. Indossavano tutti elmetti, e additavano *tanto*. Ovvio che fossi stato io. Il giorno dopo l'incendio avevo chiesto al mio agente di scovare il miglior costruttore, il miglior architetto, e avevo voluto che lo facesse immediatamente. Non avevo mai chiesto una cosa del genere prima di allora, non avevo mai usato i miei soldi per oliare gli ingranaggi dell'amministrazione comunale, ma chi avrebbe mai potuto immaginare che il capo del dipartimento per l'agricoltura fosse un tifoso di hockey? Posti in tribuna per lui e la figlia amante dell'hockey ed ecco che le pratiche avevano messo il turbo.

Però non riuscivo a interpretare l'espressione di Ben, e mi chiesi se per caso ciò che avevo fatto fosse sbagliato oltre ogni possibilità di recupero. Non ero sicuro di come rispondere alla domanda e prima che potessi pensare le parole giuste, lui mi era già arrivato a pochi centimetri.

«Che vuoi dire?» Rimasi sulle mie.

«Vogliono iniziare oggi. Tre settimane e pensano che il centro sarà di nuovo in piedi.» Non sembrava eccitato, né arrabbiato. Se avessi dovuto sintetizzare, penso che lo avrei definito sorpreso.

Non potei trattenermi. Poteva anche essere scocciato se lo desiderava, ma io ero orgoglioso di ciò che avevo fatto per lui, ed ero orgoglioso dei tifosi dei Railers che alla partita, la sera precedente, avevano donato più di trentamila dollari per il rifugio. Quello non poteva ancora saperlo: avevo il bottino in tasca, insieme agli assegni personali di metà della squadra. Sarebbe stato facile ricostruire e potenziare il rifugio, forse addirittura assumere altro personale in quella sede e possibilmente aprirne una seconda, in cui avrei potuto lavorare insieme a lui una volta lasciato l'hockey.

Tutti i componenti della squadra conoscevano Ben e adoravano ciò che faceva. Come avrebbe potuto essere altrimenti?

Mi prese il viso tra le mani e sorrise, un movimento quasi impercettibile delle labbra, ma nei suoi occhi c'era la comprensione.

«Grazie,» disse.

Ci baciammo e poi ci abbracciammo, e seppi di aver fatto la cosa giusta. Ora mi mancava solo di pensare di più alla mia vita post-hockey, una vita insieme a Ben, e magari avrei potuto cominciare a concentrarmi sulla percentuale positiva, sul fatto che il dottor Warner continuava a dirmi che era improbabile che l'emorragia si verificasse di nuovo.

Dopotutto, chi sapeva quanto sarebbe durata la vita di un uomo? Ciò che importava era come la si viveva.

Nella stanza la tensione era alta. Il coach si era ritrasformato in un tipo di poche parole, ma era concentrato e determinato, lì in piedi negli spogliatoi, implacabile.

«Andranno a caccia di Ten. Sono disperati quanto noi.» Non aveva bisogno di dirlo, lo sapevamo tutti con certezza, ma sentire quelle parole rendeva tutto molto più reale.

Proprio lì, di fronte ai diciassettemila tifosi dei Railers che erano rimasti fedeli alla nuova squadra, avremmo potuto portare a casa il premio più importante dell'hockey.

La partita iniziò lentamente. Vorrei dire che fosse cauta, noi riluttanti a fare errori stupidi e loro inclini a trattenersi per evitare le penalità, ma più che altro sembrava che ci stessimo studiando. Ero già arrivato a un faccia a faccia con Lankinen. Ci eravamo scambiati qualche fischio, ciascuno era arrivato nello spazio dell'altro, ma quella sera non si trattava di picchiarsi.

Quella sera, il coach aveva bisogno che pattinassi fino allo sfinimento per produrre occasioni da servire ai nostri attaccanti. Dovevamo giocare nel modo corretto.

Nel primo tempo non furono segnati gol, e nel secondo erano rimasti soltanto venti minuti sul cronometro quando i Raptors trovarono la via per superare Stan. Io non ero in pista, perché facevo parte della successiva coppia di difensori, ma anche se ci fossi stato, non sarei stato in grado di fermare il fortunato rimbalzo che agganciò Adler e finì in rete dal ginocchio di Stan.

Stan abbassò lo sguardo sui pali, non reagì al goal, anche se si intuiva cosa stese facendo. Forse chiedeva il loro aiuto, o si scusava… chi lo sa esattamente.

«Va tutto bene, ragazzi,» disse il coach negli spogliatoi. «È un solo goal.»

Comunque di troppo, e lo sapevamo tutti. Restavano venti minuti tra noi e la vittoria della coppa. Se avessimo perso quella partita, saremmo dovuti tornare in Arizona.

«In Arizona fa troppo caldo,» dissi in una pausa della conversazione. «Non ho intenzione di tornarci.»

Silenzio, e poi a uno a uno i ragazzi concordarono.

L'ultimo tempo di venti minuti iniziò abbastanza bene. Ten era ovunque su quella fottutissima pista, e il gol prodotto dalla sua pattinata veloce e dalle sue mani ancora più rapide fu bellissimo.

Pareggio. Restavano dieci minuti.

Ancora pari a tre minuti dalla fine.

I Raptors avevano già utilizzato il loro time-out, noi avevamo ancora il nostro, e il coach lo chiese. Sapevo perché: non per discutere una strategia, ma per dare a Ten un attimo di respiro. Il ragazzo era in formissima. Si appoggiò a noi, radunati intorno a lui, e disse quello che sapeva ci avrebbe dato la spinta finale.

«Finiamola qua.»

Il cronometro girava, e c'era un tale equilibrio tra le due squadre che le opportunità erano limitate. I Raptors fecero tre tiri in porta in un minuto, e un rimbalzo, tutti gestiti da uno Stan implacabilmente efficiente. Li raggiungemmo alla loro porta.

Un minuto. Ancora pari. Sessanta secondi di quella partita e non si trovava un passaggio.

Il loro attaccante puntò verso la nostra porta. Io ero lì a bloccarlo pattinando all'indietro, mentre il dischetto abbandonava la sua mazza per colpirmi alla coscia quando mi sporsi per fermarlo.

Adler raccolse il dischetto caduto e lo passò in fretta a Ten, che lo rilanciò a Larson, e poi tutto parve rallentare. Riuscivo a capire il gioco: era una cosa che avevo già visto fare a Ten e Addison, passarsi a turno il dischetto tra loro mentre i secondi passavano.

Il primo tiro venne bloccato dal loro portiere, che però non riuscì a prendere il dischetto e lo fece finire dritto sul bastone di Ten. Il ragazzo si abbassò su un ginocchio e lo colpì così rapidamente che nessuno ebbe la possibilità di fermarlo.

Si accese la luce, il pubblico era in piedi, noi stretti attorno a Ten.

Eravamo in vantaggio di un goal quando mancavano ventitré secondi alla fine.

Ormai non dovevamo fare altro che impedire loro di segnare per ognuno di quei lunghissimi ventitré secondi.

Quando risuonò il fischio finale, avevamo vinto.

La partita.

Il campionato.

La maledettissima Stanley Cup.

Ero un campione della Stanley Cup, ed era tutto ciò che avessi mai desiderato.

Ma… lassù, insieme alle altre famiglie, c'era Ben, e mi resi conto che ora avevo anche lui. Vincere la Coppa era stato il solo obiettivo della mia vita, ma adesso il mio tutto era Ben.

Quella era in assoluto la mia ultima partita di hockey da professionista, ma che addio spettacolare era stato!

Fu il caos, chiassoso e frenetico. Ci ammucchiammo tutti su Stan tra grida e risate, poi ci rimettemmo in cerchio e Stan prese Ten tra le braccia e lo fece girare. Stringemmo le mani ai nostri avversari, che apparivano esausti, ma si trattennero per congratularsi con noi. L'hockey ha questo di bello: nel profondo le squadre si rispettano l'un l'altra.

Tranne Lankinen, che mi maledisse tra sé e mi rivolse insulti che preferii ignorare. Stronzo.

Ci abbracciammo e urlammo e ci fermammo solo quando srotolarono il tappeto rosso per la Coppa. Poi si fece tutto terribilmente serio.

Ci radunammo intorno a Connor, che poi si avvicinò pattinando dopo l'annuncio della vittoria. Prese la coppa e l'espressione del suo viso fu impagabile. Avevano detto che non avremmo avuto possibilità, che eravamo una squadra composta da scarti, ma si erano sbagliati. Si erano sbagliati di grosso.

Connor passò la coppa a Ten. Sapevamo che l'avrebbe fatto: quel ragazzo era una stella, il faro dei Railers, e di sicuro sarebbe finito nella Hall of Fame. Rimasi a guardare ogni singolo membro della mia squadra pattinare con la coppa finché non arrivò il mio turno. La presi da Adler, che sorrideva come un invasato.

«Ecco qua, vecchio!» mi gridò nell'orecchio.

Afferrai la coppa: era pesante, ma santo cielo, mentre pattinavo nel mio giro d'onore della pista, cominciò a sembrare leggera come una piuma. Mi fermai un attimo nel punto in cui sapevo che si trovava Ben, e gesticolai con la coppa, sperando che mi vedesse. Poi lo scorsi, proprio accanto alla pista. Stava sorridendo e applaudendo.

La Stanley Cup tra le mie mani, l'uomo che amavo esattamente dove potevo vederlo, e lo stadio che urlava il mio nome.

La vita non avrebbe potuto essere più bella.

. . .

Lasciarono scendere in pista i famigliari, il che includeva Ben, così lo abbracciai, rifiutai di lasciarlo andare, mettendomi in posa per le foto con la squadra, e atteggiandomi per le telecamere che stavano riprendendo tutto. Adler aveva dato il via a una sorta di stramba danza oscillante, e io ero talmente in vena che mi unii a lui e a Ten in uno strano balletto persino quando Connor ci raggiunse e mi tirò da parte. Aveva fatto lo stesso con tutti ed era arrivato il mio turno.

«Una partita pazzesca,» urlò sul frastuono dei rumori intorno a noi.

«Un campionato pazzesco, capitano,» gli gridai a mia volta.

Mi diede una pacca sulla schiena. Era la mia ultima partita, la mia ultima volta così sul ghiaccio. L'eccitazione era intensa e Ben era proprio lì. Pattinai verso di lui, tesi una mano nel desiderio di toccarlo.

Poi tutto diventò nero.

Capitolo 17

MAX

La voce era sommessa ma insistente, chiamava il mio nome, la luce era così accecante che l'allontanai. Per lo meno pensai di averlo fatto, ma non riuscivo a percepire il contatto della mia mano con alcunché, e sentivo dolore. Dappertutto.

«Si sta svegliando,» disse quella voce con tono sollevato. Non c'era altro che quiete. Cosa ne era stato del fragore della folla, le urla, i festeggiamenti? Dov'era finito tutto?

«Ehi, Max?»

Quella era la voce di Ben, e avrei voluto dire qualcosa. *Cos'è successo? Perché sento caldo? Mi fa male la testa.*

Non riuscii a dire nulla, ed ero stanco. Tornai a chiudere gli occhi. Un sonnellino mi avrebbe fatto bene.

Il sonnellino mi fece venire la nausea. O per lo meno pensai fosse colpa sua. Qualcuno mi tenne la testa quando vomitai. Sentii la voce di Ben e mi concentrai completamente su di lui.

Ben? chiamai, ma le parole non arrivavano. *Ben, ti amo. Cos'è successo?*

L a luce si attenuò, con lei il dolore nella mia testa e non avevo più la nausea. Così valutai la mia situazione quando riaprii gli occhi.

«Ehi,» mi disse subito Ben.

«Ch' uccesso?» riuscii a dire. A quel tentativo le parole funzionarono.

«Hai avuto un'emorragia,» disse Ben con dolcezza e senza spiegazioni.

Merda. Non poteva essere accaduto. Avevo creduto negli aspetti positivi. Perché era andato tutto storto?

«Non è stata una grossa emorragia, ma il dottor Warner era venuto, e lui… È troppo complicato, ma stai bene. *Starai* bene. L'incendio, lo stress, la partita, il colpo che hai preso da quel difensore, la pressione della finale, la vittoria… il dottore pensa che sia bastato a provocare questo. Non è stato un ictus, solo una piccola emorragia. Sei finito sui giornali: collassare alla finale è stato piuttosto melodrammatico.»

Volevo che smettesse di parlare, sentivo la paura nella sua voce e avrei voluto fare qualcosa.

«Ti amo,» riuscii a dire con la lingua impastata e le parole un po' biascicate. Mi afferrò la mano, poi mi baciò. Percepii il suo tocco, vi risposi e sentii il bacio.

Non tutto era perso. Potevo venirne fuori.

. . .

Rimasi in ospedale per tre giorni, per lo più per dei controlli, e dopo il primo giorno mi sentivo abbastanza bene da uscire. Alla fine del secondo giorno ero irascibile. Ben mi aggiornò sul rifugio, mi mostrò fotografie, mi parlò di donazioni e del ritorno dei cuccioli, e di come Stan e Erik avevano preso due labrador e un meticcio che nessuno riusciva a capire che incrocio fosse. A quanto pareva, era talmente minuscolo da poter stare nella mano di Stan e aveva fatto amicizia con il suo gatto.

«Meno male che Stan voleva un cane da guardia,» concluse Ben.

«Voglio andare a casa,» affermai, come se non avessi ascoltato affatto ciò che aveva detto.

«Westy ha detto di aver fatto un salto nel tuo appartamento...»

«No,» lo interruppi, «casa tua. Casa nostra.»

Mi sembrò sul punto di piangere e gli strinsi la mano. «Ti amo.»

Mi baciò dolcemente la fronte. «Ti amo anch'io.»

Il medico fu brutale e diretto. Avevo subito una piccola emorragia, nulla di troppo drammatico, e lui l'aveva bloccata, ed era probabile che per il momento si fosse risolta. Il punto debole che non era mai stato in grado di localizzare si era orribilmente manifestato e questo era quanto. La percentuale positiva cui dovevo aggrapparmi era, a quel che pareva, più alta. Ben sembrava sollevato, ma in nessun momento della spiegazione lasciò andare la mia mano, neanche una volta.

Ebbi il mio momento di gloria. Ben conservò il giornale – Campione della Stanley Cup collassa in pista alla finale – e aveva i link dei video su YouTube dell'attimo in cui crollavo. Tutto ciò a cui riuscivo a pensare era il fatto di essere caduto sul ghiaccio con la mancanza di grazia di chi ha ricevuto un pugno. Era imbarazzante.

Il terzo giorno fu quello della dimissione, con tanta agitazione delle zie di Ben e la maggior parte della squadra in attesa alla casetta.

Proprio al centro del minuscolo soggiorno c'era ciò per cui avevo lottato. La coppa.

Scattammo foto, da solo, con la squadra, ma il pezzo migliore arrivò quando loro se ne andarono e io rimasi con Ben.

Esattamente come doveva essere.

Epilogo

BEN

Iniziavo a pensare di potermi davvero rapportare a tutti quei neogenitori che dicono di alzarsi di notte per ascoltare il baby monitor e assicurarsi che il figlio stia respirando. Tre settimane dopo il collasso, lo facevo ancora. Mi svegliavo di soprassalto in piena notte con il cuore che batteva contro le costole con ancora la mente occupata da un incubo confuso in cui seppellivo Max accanto a Liam. Allungavo la mano per posargliela sul petto o trattenevo il fiato finché non riuscivo a sentirlo respirare. Non ero convinto che l'avrei mai superata. Immagino che la paura della perdita fosse radicata troppo a fondo, come una scheggia nell'anima che non si sarebbe mai potuto estrarre.

Paura e amore mi tenevano stretto al suo fianco, o almeno quanto più stretto possibile senza stargli aggrappato alla schiena come una scimmia. Ogni volta che andava da qualche parte per una commissione, mi preoccupavo finché non tornava. Grazie al cielo aveva il buon senso di non guidare. Ero felice di fargli da tassista.

Scherzando, a volte dicevo che lui era la mia Miss Daisy per tirarlo su di morale, ma ero lieto di portarlo dove aveva bisogno, che nella fattispecie non erano molti posti, visto che ormai era in pensione.

«Pianeta terra chiama Ben,» disse Max trascinandomi fuori dai miei pensieri. Guardai alla mia destra. Teneva il finestrino abbassato e somigliava tanto a Bucky sul sedile posteriore, con quella limpida aria di campagna a soffiargli sul viso allegro mentre ce ne andavamo a cercare un'altra casa.

«Ero perso nei miei pensieri,» risposi, e allungai la mano per accendere lo stereo sugli Earth, Wind & Fire.

«Le cose brutte devono restare nel passato, ricordi?»

«Già.»

Più facile dirlo che farlo, dato che dovevamo ancora avere a che fare con Rolf e tutti gli aspetti legali. Il processo a suo carico si sarebbe tenuto a distanza di mesi, e lui era fuori su cauzione. Era in vigore un ordine restrittivo per tenere al sicuro me, la sua famiglia, le mie zie e il rifugio, tuttavia…

«Okay, dunque non stai pensando a teste di cazzo.»

«Non sto pensando a teste di cazzo.» Ridacchiai. «Torna su quell'app a controllare che l'agente immobiliare ci abbia dato le indicazioni giuste.»

Non mi ero mai addentrato così tanto nella contea di Lancaster. Ero arrivato fin lì solo un paio di volte con le mie zie per fare cose da turisti, tipo lo shopping o sbirciare gli Amish, che in quella contea prosperavano. Eravamo entrati in bellissime aree coltivate, oltrepassando un cavallo e un calesse, che avevano entusiasmato Max.

«Ci sono,» disse il mio ragazzo scrollando sul suo cellulare mentre viaggiavamo tra pascoli verdi costellati di pecore e mucche da latte.

Era lì che voleva vivere Max, lontano dalla città, a respirare aria pura e ad aprire un secondo rifugio no-kill, che avremmo gestito insieme. Ogni volta che pensavo alla nostra nuova vita in campagna, mi sentivo oppresso dal nervosismo e stordito dall'amore.

«Qualche altro chilometro sulla 340 finché non entriamo a Sex.»

Ridacchiò per il nome della cittadina, esattamente come ogni volta che lo leggeva. Adoravo sentirlo ridere, anche se era un po' infantile.

«E dopo che abbiamo superato Sex?»

«Ci fumiamo una sigaretta.» A quel punto esplose. Scossi la testa e cercai di nascondere la mia risatina. «Oh, come mi sto divertendo. Okay, a parte gli scherzi, passiamo sulla 772. Forse da qui riusciremo a vedere un ponte coperto. Ce ne sono in tutta la zona.»

«Forse.» Seguii le sue indicazioni, ma intanto il ragazzo di periferia che albergava in me iniziava a provare un po' di ansia tra tutti quei terreni e le strade senza segnali. «Sei sicuro di volerti addentrare così tanto? Non c'è altro che mucche e grano.»

«Già, è perfetto, vero? Niente vicini, niente commissioni urbanistiche, niente traffico né droghe né delinquenza.»

«Questo è vero.» Sospettavo anche che stesse cercando di portarmi quanto più possibile lontano dal raggio visivo di Rolf. «Immagino sia ottimo aprire il rifugio qui.»

«Già. Magari qui potremmo tenere anche animali da fattoria. Le capre sono fighissime. Portiamo qualche capra bisognosa.»

Frenai a un segnale di stop all'incrocio di quattro strade fangose e gli rivolsi uno sguardo. «Capre. E che ne capiamo noi di capre?»

«Impareremo su internet tutto ciò che abbiamo bisogno di sapere.» Si chinò a baciarmi. Bucky si dimenò per leccarci la faccia. «Vedi, anche Bucky pensa che dobbiamo prendere le capre. O una mucca. Sarei in grado di mungere una mucca.»

«Ti ci vedo a passare dal fienile tutte le mattine con il tuo secchio di latte.»

L'avevo detto scherzosamente, ma davvero riuscivo a immaginarlo. Riuscivo a vederci entrambi trasformare quel nuovo rifugio in qualcosa di più grande e migliore. Un luogo per animali da fattoria bisognosi oltre che per bestiole da compagnia.

«Penso che avremo bisogno anche di un bel galletto,» dissi, e attesi un commento da saputello, che non arrivò perché Max stava leggendo qualcosa sul suo telefono.

«Oh,» fu tutto ciò che rispose. «I Railers hanno comprato un nuovo portiere di riserva. Un ragazzino dei Raptors, a supporto del titolare. Si chiama Bryan Delaney. Merda, è solo un poppante. Sarà uno spasso con lui e con quella sua faccina da bimbetto quando entrerà negli spogliatoi per la… Be', merda.»

Abbassò il cellulare e mi rivolse uno sguardo maledettamente triste. Mi protesi per prendergli la mano e strinsi forte.

«L'hockey mi mancherà,» confessò.

«Lo so. Ma sarai talmente impegnato a mungere mucche e a giocare con le capre e ad amarmi che non avrai tempo per sentirne troppo la mancanza.»

«Già, hai ragione. È un nuovo inizio, per entrambi. Forse possiamo chiamare il nostro rifugio barra fattoria Nuovi Inizi.»

Annuii. «È un bel nome.»

Max sorrise orgoglioso. «Prova solo a immaginare le foto per il calendario che possiamo scattare in una fattoria.»

«Tu sarai in copertina con me, giusto?»

«In copertina? Oh sì, mi piacerebbe. Sicuro. Tu, io, Bucky e la nuova capra.»

Sembrava proprio perfetto. Perfino la faccenda della capra.

FINE

Notes

Capitolo 10

1. Ribaltamento improvviso che consente agli attaccanti di essere in superiorità numerica rispetto ai difensori (due contro uno o tre contro due).

Nota dell'autrice

Se vi è piaciuto *L'ultima barriera*...

... vi saremmo grate se lasciaste una recensione nel sito di un rivenditore, o su Goodreads, o sulla vostra pagina nei social media.

Le recensioni sono il motivo che spinge qualcun altro a scegliere un libro... o cominciare la serie dall'inizio.

Grazie.

Baci e abbracci.

RJ & V.L. XX

MM hockey romance

Per notizie e informazioni aggiornate sulla serie dei Railers, la storia di Ryker, un possibile libro futuro su Stan ed Erik, una potenziale nuova serie che veda protagonisti gli Arizona Raptors, e tante altre cose sull'hockey, andate su:

www.mmhockeyromance.com

Sull'autrice RJ Scott

RJ ha pubblicato più di cento romanzi nella sua carriera. La scoperta del romance quando era ancora molto giovane le fece capire che se anche un libro non conteneva una storia d'amore, nulla poteva impedirle di crearsela da sola nella sua testa, e fu così che cominciò la sua carriera di scrittrice.

Vive e lavora nella sua casa nella splendida campagna inglese e trascorre il tempo libero a leggere, guardare film e divertirsi insieme alla sua famiglia.

L'ultima volta che si è presa una settimana di riposo dalla scrittura non ha apprezzato e deve ancora incontrare una bottiglia di vino che non sia stata capace di sconfiggere.

rjscott.co.uk/it | rj@rjscott.co.uk

Newsletter - rjscott.co.uk/IT-NL

facebook.com/author.rjscott

x.com/rjscott_author

instagram.com/rjscott_author

bookbub.com/authors/rj-scott

goodreads.com/rjscott

amazon.com/author/rj-scott

pinterest.com/rjscottauthor

Sull'autrice V. L. Locey

V.L. Locey ama i jeans consumati, lo yoga, ridere a crepapelle, camminare, leggere e scrivere storie lussuriose, la mitologia greca, i New York Rangers, i fumetti e il caffè. (Non necessariamente in questo ordine.) Vive con il marito, la figlia, un cane, due gatti, un gruppo assortito di pollame domestico e due manzi.

Quando non scrive romance piccanti, ama passare la giornata, con il suo serraglio, sulle dolci colline della Pennsylvania con una tazza di caffè in mano. Potete anche trovarla su Facebook, Twitter, Pinterest, Goodreads, il suo sito e il suo blog.

vllocey.com
feralfemale@frontiernet.net

Newsletter - vllocey.com/newsletter

facebook.com/V.L.Locey

x.com/vllocey

instagram.com/vl_locey

bookbub.com/authors/v-l-locey

goodreads.com/vllocey

pinterest.com/vllocey

RJ Scott - Pubblicati in italiano

Serie Papà single

1. Single (ed. italiana)
2. Today (ed. italiana)
3. Promise (ed. italiana)
4. Always (ed. italiana)
5. Listen (ed. italiana)
6. Today (ed. italiana)

Serie Texas

1. Il cuore del Texas
2. L'inverno del Texas
3. La Vampa del Texas
4. La Famiglia Del Texas
5. Il Natale del Texas
6. L'autunno del Texas
7. Il matrimonio del Texas
8. Il Dono del Texas
9. A casa per Natale

Serie Santuario (Azione e avventura)

1. Proteggere Morgan
2. L'unico giorno facile
3. Il momento della verità
4. L'apparenza Inganna
5. Il cerchio si chiude

Serie Harrisburg Railers

Hockey - Scritto con V.L. Locey

Serie Ellery Mountain

Cittadine / Pronto intervento

Natale

Autoconclusivi

Dragons Hockey (MF)

V.L. Locey - Pubblicati in italiano

Serie Secondo Liam

1. La vita secondo Liam
2. Il Natale Secondo Liam
3. L'amore secondo Liam
4. Il Mondo Secondo Liam
5. *La Famiglia Secondo Liam*

Serie Harrisburg Railers

Hockey - Scritto con RJ Scott

1. Cambio di linea
2. Prima stagione
3. Profonde differenze
4. Attacco controllato
5. L'ultima barriera
6. *Goal Line (ed. italiana)*